謎解き「わらべ唄」私考

青木國雄 著

はじめに

昔から伝わる「わらべ唄」や「童謡」は、明るく、調子良く、口ずさめるものが多い。子供だけではなく大人にも好かれる。悲しい調べでも、何となく温かく、沈みがちな心を和らげ、その傷を癒し、生きる力を与えてくれるようである。

子供は無邪気といわれるが、自尊心が強く、傷つきやすい。その時その時を一生懸命に生きているが、経験は乏しく、失敗や挫折感を味わうことも多い。そうした心の傷を、「わらべ唄」はリズムに乗せて優しく癒してくれる。気象や天候、四季の自然の情景がうまく読み込まれ、思い出を引き出してくれる。暦につれて変化する生活、風俗・習慣を瞬時に思い起こさせ、改めて生きる喜びがよみがえる。

この世の苦しい経験、悲しい出来事、不安にみちた事態が唄の背後にあっても、ふんわりと霧に包み描くので、何となく客観的な立場で受け入れられる。日ごろの不公平感も和らげられるようである。大人になっても「わらべ唄」の効果は薄まらない。不思議な音の世界である。

「わらべ唄」はわかりやすいものが大部分だが、まったく意味がわからないものもある。古くから歌い継がれ、少しずつ変化してきただけに、できあがった背景も複雑であろう。楽しいリズムや、明るく弾む歌詞に多少矛盾を感じても、詮索する必要も感じなかった。ところが、こうした「わらべ唄」の不明な意味を解き明かそうと、一九八〇年代からいくつかの書が現れ始めた。「わらべ唄」の謎解きである。「わらべ唄」の歌詞の内容など、まったく関心のなかった私ども老齢者にも、これらの書に目を通すと、ああそうなのかと驚くことも多く、「もっと詳しく知ってみたい」と思った。そして暇があるとこうした書を求め、ひそかに楽しんでいたが、私自身は謎探しなど無縁と思っていた。

たまたま、私は二十年くらい前、財団法人名古屋公衆医学研究所で「ニューズレター(Active Life)」の編集にあたることになり、その主要記事の間の余白を、伝統的な「わらべ唄」などのエピソードの紹介で埋めていた。

今回筆者自身が終活の時期を迎え、昔のメモを思い出し、意味のわからない「わらべ唄」の謎をもう少し系統的に探ってみようと思い立った。精力的に文献を収集し、関係地を回って見聞することはもう無理である。長い歴史のなかでできあがったものを、限られた資料から、不明な点をさらに明快にするのも至難である。それでも、手元にある資料、歴史や地理の文献も参考にしてみると、思いがけない発見に喜びを感ずることも多かった。

もっとも、江戸時代の情報は孫引きも多く、これではと、あきらめの気持ちも大きかった。たまたま友人に要点などを話すと、「おもしろいので続けては」と助言があった。大部分、先人の探索の再認であったが、多少は新しい解釈も付け加えることもできたので、本書にまとめてみた。

ある「わらべ唄」研究家は、「そうした証拠の少ない詮索が増えているが、やめてほしい」と言っておられ、また「インキの浪費」と切り捨てる人もある。正論と思うが、素人遊びであり、時間つぶしにご笑読願えれば幸いである。

青木國雄

謎解き「わらべ唄」私考 ◉ 目次

わらべ唄の不思議

意味がまったくわからなかったわらべ唄

1　かごめ　かごめ

「かごめ　かごめ　籠の中の鳥は　いついつでやる　夜明けの晩に　鶴と亀がすうべって　後ろの正面だーれ」はよく知られた歌詞である。手をつなぎ輪になった子供らが回りながら、「かごめ　かごめ」を歌い終わると一斉に座る。真ん中の目隠しされた子が、自分の真後ろに座った子供の名を当てるというものである。目隠しの子が、正確に名を当てるのは容易ではない。六〜七人の子供の輪でも、絶えず回って移動する輪であり、後ろの正面の子などわかるはずはないからである。当たらないと、また子供らは輪を組んで歌いまわる。これを何度も繰り返す。なんとなく怖い思いがする遊びでもあった。類似した遊び方は鎌倉時代からあるようだ。長い歴史を持った遊びの一つである。

この歌詞のうち、まず「かごめ」とは何かと問われて、とっさに返答できなかったことがある。考えてもいなかった。町では多くの鳥が籠の中で飼われていたが、この唄の「籠の鳥」はそういう鳥ではないことはわかっていた。少なくともこの鳥は何かの使命を持ち、何かの指令を持っているような感じがあった。鳥の名もわからないが、その鳥がいつ外へ出るかと歌っている。それも、時刻が夜明けの晩という。はっきりしない時刻である。

次に「鶴と亀がすうべって」と続く。鶴と亀がなぜ出てくるか。すべるとはどういうことか。後ろの正面という言葉もあまり使わない表現である。大相撲では裏正面という言葉は聞いていたが、これも気にかかった。

「かごめ」とは「カガメ　屈め」からきており、屈んで遊ぶ時の、掛け声であるという柳田国男説がある。しかし、「かがめ」と言って遊ぶ地域は限られているようで、名古屋の方では聞かなかった。

「かごめ」は、鬼を囲め、籠の目、籠女《かごめ》、鷗《かもめ》から来ているとの説があるが、理由ははっきりしていない。遊びには、人あて型、くぐり型、目隠し型、だれかのうしろ型、かごの鳥型、身振り型があるという。しかし、具体的に遊び方の区別はわからなかった。

小野泰靖著『子どもの歌を学ぶ人のために』の中に以下の記述がある。

一八八四年、万亭応賀の『幼稚遊昔雛形』には、「かごめ　かごめ」と手をつないで回るが、続いて、「鍋の底抜け」という唄が続く。この時は、つながった手を持ち上げて、くぐって背中合わせになり、「鍋の底抜け　底が抜けたら　どんかちこ」と回りながら歌い、その後、またもとのようにくぐって前向きになり、「かごめ　かごめ」と歌い続けるとある。「鍋の底」の唄は、名古屋周辺で歌ったという人にも出会った。「鍋の底を抜く」の意味がわからない。ひっくり返り、背中合わせを意味するのだろうか。

江戸時代の鍋は鉄鍋であり、底を抜くのは大変であるが、「破れ鍋にとじ蓋」というイロハかるたにあるように、よく割れたようである。その鍋の底を抜く意味は何か。底の抜けた鍋は輪回し遊びなどに使うとある。底が抜けたら「どんかちこ」は喜びの声だろうか。鍋の唄を含めると、唄の全体の意味はさらにわからなくなる。

「かごめ」では何か大事な決定につながっているという雰囲気があるが、「鍋の底」では、壊れやすいところ、古いものを始末するという感じがする。明治に入ってからの唄であり、大人は何をこの唄で示そうとしているのか。わからない。別々の唄がくっついたのだろうか。

「籠の鳥」は、自由にならぬ、拘束され、外に出られない若い女性を籠の鳥といったのであるが、「かごめ　かごめ」の鳥は、そうした意味の籠の鳥ではなさそうである。

「かごめ」については、以下に紹介するように、歴史作家の関裕二による昔の神々の話がある。大仮説である。

目なし籠、海彦・山彦、豊受大神

わが国の古代史が、いろいろな研究から解明されつつあるようだ。私どもが習った古代史が書き改められつつある。関は、この「かごめ」を取り上げ、歌詞の背後に潜む物語を以下のように解き明かしている。

まず、「かごめ」とは籠目、つまり竹で編んだ籠を指し、竹を密に編むと中は見えなくなる。これを「目なし籠」という。『古事記』の中に、日本人のご先祖様であるイザナギ、イザナミ神の子である海彦と山彦兄弟の話があり、この兄弟は山岳地帯と海浜地帯という異なった地域を支配していた。お互いに一度、生活方法を取り替え、経験してみようと、道具なども交換して仕事をし始めた。

しかし慣れぬことが多くてうまく行かず、まもなく中断した。運悪く、山彦は兄から借りた釣り針を魚にとられてしまった。山彦は新しく釣り針をたくさんつくり、お返しをしたが、海彦は許さないで、失った釣り針を返せと弟をいじめた。困った山彦は、塩土神《シオツツ》に相談した。彼は目なし籠（外から見えないほどに密に編んだ竹籠）に山彦を入れ、海辺を守る海彦の警戒の目をかすめて船に乗せて、味方のいる竜宮に送った。山彦は竜宮で歓待され、鯛が引っかけていた問題の釣り針をもらいうけた。竜宮の秘宝である。二つの玉をいただいて故郷へかえった。そして問題の釣り針を兄に返した。

しかし、その後も兄は弟をいじめ、弟を攻撃し続けた。山彦は防戦を続け、竜宮でもらった二つの球を使い、海彦を何度も打ち破った。ついに海彦は降参し、地域の支配権を弟に譲ったという。山彦と竜宮のお姫様との間にできた子は、のちに大和に出て神武天皇になったという話である。つまり、大昔の土地の支配権をめぐる兄弟の争いの物語に、籠目が出てくる。

別の話としては、弟との約束を破った兄の行為を懲らしめるため、母親が節竹《よだけ》でつくった八つ目の荒ら籠をつくり、河の石を塩であえて竹の葉で包んで籠に入れ、呪いをかけた。すると兄は病気になり、どうしても治らない。兄はその原因を探すと、自分が約束を守らなかったための罰と知って、弟にあやまり、呪いをといてもらったという話(大国主命にまつわる話と似ている)がある。

これは目無し籠ではないが、竹籠である。竹でつくった籠には魔力があるとされた。籠の材料である竹は驚異的な成長力を持ち、繁殖力が強い。また竹自体に強靭さとしなやかさがあり、家屋の建設、諸道具の材料として用途は広かった。人々は竹を神聖な植物としてあがめ、竹でつくった籠は呪力を持つと信じた。

かぐや姫の話もその神聖な竹と関係がある。神の子が竹の中で輝いておられた。かぐや姫は、拾われた養父母に福を、周辺に幸いをもたらした。竹籠は神への供物入れとして使われ、それには神が宿ると言い伝えられた。ちなみに、天皇家の最大の祭りの大嘗祭では、天皇は隼人《はやと》の編んだ籠の上にすわるといわれる。

この神代の話は、なんとなく身近に感じられた。折口信夫によれば、平安時代の竹籠のうち、髭籠《ひげこ》(あみ残した竹が髭のように出たもの)は太陽神を表している。こうした籠は高い木につるし、空から人を守るという。京都祭りのお神輿の山鉾は高くつるされた鳥籠に由来するのだそうだ。

籠の中の鳥は神がかった鳥、巫女であり、予言をし、幸いや厄をもたらす。京都府宮津市にはこの鳥を祭る籠《この》神社がある。伝承では、守護神は豊受大神で、大神は籠の中で光り輝いていたという。豊受大神はのちに伊勢神宮外宮に祭られるが、鳥籠に入って神宮にはいったときく。豊受大神を神功皇后とする説もある。神功皇后は卑弥呼の後継者で、トヨと呼ばれた神であり、大和政権成立に大きな貢献をした。しかし、大和政権は何らかの理由で神功皇后を疎み、歴史から抹殺してしまった。

その後大和政権に不祥事が続き、これはトヨの祟りだということになった。祟りを治めるため、トヨを豊受大神として若狭に祭ったという。さらに奈良時代、天照大神の隣り合わせの伊勢の外宮に祭り、国家の守護神としたのである。その神が天橋立から伊勢まで竹籠に乗って降臨したのである。こういう神話から、何かの祈願をこめて「かごめかごめ」の唄ができあがったのではないかと関裕二はいうのである。

なお、中国の『山海経』という古代の書によると、あの世の支配者である西王母は、この世の重要な決定に参画し、青い鳥を籠に入れて派遣し、運命を決めさせたという。つまり、かごめの鳥は神聖であり、その籠は畏れおおい乗り物である。皆が敬って歌うはずである。

　関は千葉県野田市の愛宕神社に祀られている（籠の鳥の彫刻）を自分の目で見ている。それは木を現材として竹籠を彫り、その籠の隙間からノミをいれて鳥を彫りぬいてできていた。この籠は一部に人工的に壊された場所があり、そこは鳥が外へ出るためともいわれている。唄を裏づける彫刻である。さらにこの鳥は、後述するように天人の羽衣伝説とも関係しているという。

「かごめ」というのはそういう大変なものであり、籠の中の鳥は神に近く、大きな力を持っていることがわかった。何かを祈願するのもわけがある。それで、その神鳥がどこへ、いつ出られるかが問題となる。人々はいろいろな期待を持ち、見守っているわけである。

「夜明けの晩」とは何時なのか。晩のうちの夜明けに近い頃という説が多いが、晩は宵と同じで日没近くを指すので、意味ははっきりしない。何時でもよいのだろうか。金田一春彦は、子供の唄は矛盾したことをわざと歌っており、あまり深く考えないことであるといっている。「寒いの、寒くないの」という表現が使われることもあり、語呂がよいからだろうか。いろいろ想像すると、夜明けだろうか。

さて、「鶴と亀がすうべって」とは何か。

これは江戸中期、釈行智という僧が一八二〇年に編集した童謡集『童謡古謡』の中には、「かごめ　かごめ　かごの中の鳥は　いついつ出やる　夜明けの晩に　つるつるすべった　後ろの正面　だあれ」とある。つる（鶴）だけが出てくるのである。金田一春彦は、この「つるつるすうべった」が元の唄で、その意味は「つつぺった」、「つつぱいった」ということで、「入った」という意味の方言であると言う。そうであると、鶴（鳥）がするーと（お宮などへ）入ったということだろうか。かごめから出られたことを指すのか。その後、なんの説明もない。後から加わった亀は何であろうか。中国では亀は龍の子である神霊力をもち、王の墓の守り神であった。多くの碑石が残っている。亀も神として、同じように祀られていた（平勢隆郎『亀の碑と正統』）。

亀は浦島伝説でも重要な役割をする。あの世とこの世をつなぐ連絡役である。亀の甲はカゴメ模様であり、江戸時代には「ツル・カメ」は、ともに長寿のシンボルで、おめでたい象徴であった。「ツルカメ　ツルカメ」と呪文のように唱え、難を避けようとした記載もある。しかし、ともに滑ったとはどういうことか。解釈が難しい。

鶴については、前述した羽衣を着た天人の話がある。羽衣を脱いで遊んでいた鶴（天人）が羽衣を隠され、人の妻になり、その男は富裕になったという物語である。滑ったとは、その羽衣を奪われたことを意味し、羽衣を奪うとよいことがあるというわけである。

関はこんな話も紹介している。奈良時代、天皇位を継いだ持統天皇（女帝）は羽衣をえたという和歌を詠まれた。百人一首の「春すぎて　夏来にけらし白妙の　衣ほすてふ天の香具山」である。天皇位につかれたという意味であるという。少し飛躍しすぎる感があるが、当時、羽衣は大変な象徴であったようである。

「すうべった」とは何か大事なものがなくなったことを意味するかもしれない。しかし、かごめの唄とはどうつながるのであろうか。

「かがめ　屈め」について

遊び方についてみてみよう。屈めの柳田国男説は、かごめ遊びは神事が遊びに変わったとしている。地蔵様あそびもあった。子供が輪をつくり、かがんで、ぐるぐる回り、その中の一人が目隠ししてかがませ（地蔵）、地蔵が該当する子の名をあてると、ゲームは終わり。あてられた子が地蔵になる。

別の地域では、子供たちが輪をつくり、「お乗りあれ　地蔵様」と唱え、子供に乗り移れと呪文をかける遊びがあった。神の口寄せのやり方である。あてられた子は、かがんで口寄せするという。あるいは、口寄せができる子供がいて、その周りを、多くの子らが輪になって踊り、願いを頼むと、予言的なことを口走る。そういう遊びがあった。つまり、古い神遊び、口寄せの遊びであり、それが「かごめ」に変わったという説である。これも説得力のある説である。

一方、関は古代の出雲では、鳥遊びがあり、前記の天人の羽衣、籠神社の成立・豊受大神の話、出雲大社の神紋（亀甲）など一連の「籠の鳥」にまつわる神話を結びつける。出雲系の支配者が藤原一族により抹殺された恨みが大きく、後人が鎮魂のため、いろいろなことがおこなわれた。この「かごめ　かごめ」の唄はその関連ではないか、子供に歌い継がして、鎮魂としたのではないか、という。

まとめにはならないが、古くから難しい問題の解決を神頼みする習慣があり、「かごめ　かごめ」もその一つの形式で、子供の遊びとして残ったものかもしれない。後ろの正面は口寄せの神事を重ねたものだろうか。鍋の底の唄が加わったとすると、古いしきたりを破って、新しい方法を見つけたいという革新を祈るものであったろうか。長く歌い継がれてきた唄だけに、もっと詳しい背景を知りたいものである。

ともあれ、「かごめ　かごめ…」と唄いながら遊ぶと、何かわからないが、新しい望みが叶えられそうな気がしてくる。長く歌い継がれたのも、そうした思いを起こさせるからであろうか。

2　ずいずい　ずっころばし

この唄はそれほど古い唄遊びではない。江戸時代末期から歌われたようである。意味はまったくわからなかったが、調子がよいので現在も子供たちの間で歌い継がれているように思われる。

「ずいずい　ずっころばし　胡麻味噌　ずい　茶壺に追われて　トッピンシャン　抜けたら　ドンドコショ　俵のねずみが米くって　チュウ　チュウ　チュウ　チュウ　おとさんが呼んでも　おかさんが呼んでも　行きいっこなしよ　井戸の周りでお茶碗かいたの　だーれ」という歌詞である。

遊びは、子供らが集まり、親指と人差し指で輪をつくる。鬼になった子が唄をうたいながら人差し指でその輪を順次突いてゆく。歌い終わったところで指を止める。その止まった指の子が次の鬼になる、というのである。

胡麻味噌は仏教と関連している。お寺では小坊主が胡麻味噌をつくっていた。

さて、「ずいずい　ずっころばし」とはどういう動作なのか。ずいずいは、随意に、勝手に、などの意味であろうか。指を突っ込む様子も表しているようである。ずっころばしは、勢いよく転ばせることであり、指遊びでは、ずっころばしはふさわしい言葉とは思えない。別の動作のようである。胡麻味噌はすりつぶす仕事であり、一生懸命にすり合わせている素描の絵がある。

ずいずい、ずっころばしとは、味噌ずりの掛け声であろうか。明治時代の東京では、「ずるずる　ずっころがし　胡麻味噌ずい」という唄がある。これは味噌ずりの音である。したがって、出だしは胡麻味噌ずりの唄であったかもしれない。「味噌をする」には、上役におべっかを使うという別の意味があるが、ここでは違うようである。

次の「茶壺に追われて」は、前とはつながらない。昔は何か間に歌詞があったのであろうか。この「茶壺に追われて」という歌詞には、以下の解釈がある。

京都の宇治は茶どころであり、ここで取れた一番茶は将軍家に献上される。その茶壺は茶櫃《ちゃびつ》に入れられ、多くの警護に守られて江戸まで長い道中を続ける。粗相があると罰せられるので、道中に沿った街道の住民は大変である。「お茶壺が泊まる宿眠つかれず」という川柳があるくらい、町の責任者は気を使った。お茶壺様行列が近づくと、子供たちは驚いて逃げ隠れるので、その様子をえがくのに、「トッピンシャン」とした、というのが浅野建二の説である。この解釈はいくつかの本で紹介されている。しかし次の言葉につながりにくい。

トッピンシャンは戸を慌てて閉める音のようであるが、予定通り次第に近づいてくるお茶壺行列を知っているはずの町の世話役が、子供らをその辺で遊ばせておくはずはない。子供がこんなに慌てて隠れ、トッピンシャンという音を出せば、近くに来ている行列にたいし無礼だからである。なお、「新しい茶壺」ということになれば、別の解釈もあるらしいが、新しいという言葉はないので、ここでは省略する。

次の「抜けたら」は、「行列が去っていったら」の意味か、行列が過ぎたら、住民と子供はやれやれ一息ということで、「ドンドコショ」とやったのであろうか。しかし、この掛け声も、この場面にはぴったりとしているとは思われない。何か別のことの音のようである。小野恭靖は、江戸時代の『あずま流行　時代子供うた』（岡本昆石篇、一八九四年）の中では、「烏坊に追われて　すっぽんちゃん　抜けたらあ　との字のどんどこしょ」とあるという。また、明治十八年の「ずいずいずっころばし　胡麻味噌ずいカラスべにおわれて　とっぴんしゃん　抜けたらどんどこしょ」という唄を紹介している。おもちゃ絵には烏が描かれているという。烏におそわれたら、トッピンシャンと逃げてもおかしくはない。しかし、なぜ烏が出てくるのか。胡麻味噌を狙ってきたのであろうか。胡麻味噌は家の外ですっていたのだろうか。胡麻味噌をするとは、前述のように、おべっかという別の意味があるが、それと関係があるのか。

それにしても話は続かない。この「烏坊に追われて」が、後の「茶壺に追われて」と変わったのではないかと小野はいう。茶壺に追われては江戸時代であり、その時代にできたのであろうか。「抜けたら」は、遊びの指が抜けることか。子供たちがつくる指の輪が茶壺に似ているからではないかとの説もある。

次の「俵のねずみが米くって　チュウ　チュウ　チュウ」は江戸時代の唄にもある。ねずみはなぜ、ここに出てくるのであろうか。蔵に入って、米俵をかじってこっそり米を食べているねずみのことらしいが、「俵のねずみ」という表現も適切であろうか。東京地方では、「チュウ　チュウなくのはだれですか」、「私です」と続く唄があるという。

これは、米をこっそり盗むのは、私、人です。つまり、ねずみではない、頭の黒い人である、との意味である。「私」は音を出したので見つかったのである。米はこうしてよく盗まれたのであろうか。東京の唄にもその続きの歌詞はない。

なお、伊勢地方で、「ちゅうちゅう鼠の種さがし　猫に追われて　はちかれた」という唄があり、鬼きめの遊びで、それは「ずいずいずっころばし」と同じ遊びとある。関連はわからないし、いつ頃歌われたかは書かれていない（笠間良彦『日本のこどもの遊び大図鑑』）。

次の「おとさんが呼んでも　おかさんが呼んでも」のフレーズは、子供たちは、茶壺行列が通る間は出てはいけないという説と、子供は遊びの途中では一人で勝手に帰らない決まりを守ろうということを言っているという説もある。また特別の秘密遊びをしているようにも思える。しかし、この句が、ここに付け加えられた理由がわからない。なくていいように思われる。最後の「井戸の周りで　お茶碗かいたの　誰れ」は、よくある別の話を付け加えたのか。前の隠れ遊びと関連があるのか。微妙なところである。

この唄は、トッピンシャン、ドンドコショ、チュウ、チュウ、チュウ、など、歯切れのよい言葉が続き、リズムとユーモアがあり、それだけに人気があり、歌い継がれたのであろう。町田嘉章はこの唄は明治中期から東京で流行したとあり、この時期に全国的に広がったのであろうかと推測している（『わらべうた』）。

釈行智の童謡集『童謡古謡』にある、「いいちく　たっちく　太右衛門どんの　乙姫様が　湯屋で押されて　泣く声は　ちんちん　もんがら　もんがら　おひやりこ　ひゃりこ」の遊びは「ずいずいずっころばし」と同じ遊びで、栗田惟良の『弄鳩秘抄』にある「一人二人三人目の子　取って嘗めろ　糞さらひ　流しの下の大入道　箸で掻き込め　千次郎　その後　かん嘗めアァめェろ」という唄や、美濃に伝わる「いっぽ　てっぽ　てがい　やんあ　やまやま……」という唄も、同じ遊びであるという。つまり、指遊びの唄にはいろいろあったらしい。それが「ずいずい　ずっころばし」の出現で、一つにまとまったのかもしれない。

3　お尻に用心

この唄はまったく聞いたことがなかった。どんな意味があるのか、探ってみた。

「今日は二十八日　お尻の用心　小用心　明日はお亀の団子の日」

これは江戸時代の『守貞漫稿』（一八五三年）にのせられている。明治時代には東京とその周辺でよく歌われたという。しかし私は名古屋周辺では聞いたことがなかった。記録を見ると、野間義学『筆のかす』（一七〇四年頃）に、「今日は何の日　丑寅子の日ちゃっと　尻をさぐる日」とあるという。意味はわからないが、野間の住んでいる鳥取では早くからこんな唄があったのである。橋本茂編集の『日本民謡大全』を丹念に見てみると、信濃国にも類似した唄があり、後に述べるように加賀国や大阪でも記録があるので、広い地域での遊びだったのであろう。

さて、この唄の遊びは、子供らが着ていた着物の背尻を鬼にまくり上げられるという遊びであった。そうさせまいと、裾を股より前に挟み、お互いにまくりあうという。走りながら、油断を見すまして、上手にまくり上げる。また、懸命に防ごうとする遊びである。後年のスカートまくりと似ている。「お尻の用心　小用心」とはどういうことか。辞書には説明はない。これがどうして二十八日、当時の月末と関係があるのであろうか。見当もつかない。

しいて解釈してみると、辞書には尻の別の意味には「事の結果」とあり、類語として、「尻ぬぐい」「尻に火が付く」「帳尻」が出ている。切羽つまった感じがする。二十八日は当時の月の末日であり、通帳買いの支払い日である。それを関係づけたのだろうか。

昭和に入ってもお得意様は日用品でも月末払いであった。つまり、二十八日にはお金を用意しておかねばならないが、用意できないことも少なくなかった。少し待ってほしいとか、今日は主人がいないとか、いろいろ言い訳をするわけである。お金はいつも手元にあるわけでなく、月末にまとまったお金を用意するのは容易ではなかった家が多かった。それで、皆さん用意はできていますか、用心しなさいという警告の唄ではないかと思った。「用心　小用心」というのは、「大寒　小寒」と同じ表現で、頭韻と呼ばれ、少し強調するときに用いる表現である。十分用心しなさいとの意味である。語呂もよい。

この唄を子供の遊びにどう関係づけたのだろうか。支払いをめぐる別の話に絡まることだろうか。尋常ではない子供の唄である。

なお、加賀国河北郡では「明日は朔日　尻まくり　やーはーやーやーろーを」と叫び、始めるという。朔日が集金日だったのであろうか（童謡研究会編、橋本繁編纂『日本民謡大全』）。

大阪ではこの遊びについて、一八九八年（明治三十一）生まれの吉内忠治が「大阪の南河内の山村の生活」と題して子供時代を回想している（藤木浩之輔『聞き書き明治の子供遊びと暮らし』)。

尻まくりという遊びは、夕方に、すこし遊びに飽きたころ、「今日は二十五日　尻まくり」と叫びながらはじまる。五人か十人くらいの遊びで、皆が尻をまくられまいと逃げ回り、すきを見て相手の裾をまくり上げる。遊び始めるきっかけは覚えていない。当時は男女ともパンツなど下着をつけてない時代で、キャッ、キャッといいながら走り回った。ここでの掛け声は「今日は月の二十五日」となっている。大阪では二十五日が掛け取りの日だったろうか。二十五日と唄う別の地域もあるようである。月末であることは似ている。どうして子供らが遊びに飽きたころにはじめるのか、遊びの締めをするためだろうか。謎である。

この唄は一七九七年(寛政九)刊行の『諺苑』に「今日は二十八日　お尻の用心　火の用心」と出ており、火の始末も歌っている。一八〇三年(享和三)の『阿保記録』(宗亭)には「オシリノ用心　ゴ用心」とある。小用心ではない。『守貞漫録』には「今日二十八日　尻まくり御法度」とある。最後の言葉は、支払いをしないということは罰があるという意味にもとれる。

そして続くフレーズ「明日はお亀の団子の日」はどういう日であったろうか。

団子を調べてみた。大昔に、遣唐使がもたらした中国のお菓子を団喜といい、それはいわゆる餡入りの餅であった。大きい餅で、この中国の団喜には中身があり、それは肉や野菜であった。日本では仏教などいろいろの理由で肉食を避けていたので、小豆餡となったという。その団喜を室町時代には竹の串に刺して食べるようになった。大きな食べ物であり串には二個、刺してあったが、後に小さくして、四～五個刺しになった。串に刺さない団喜もあった。米粒をそのまま蒸したのを餅と呼び。米の粉を蒸したものを団粉という。串に刺したものは小さいので、団粉というより子という愛称で団子という名が広まったらしい。一七一一年（正徳元）に、両国橋で景勝団子（越後団子）が売り出され、その後、明和年間にはお亀団子、みたらし団子が発売されたとある。ともに小さい団子で、鉄砲の玉、数珠玉、そろばん玉などといわれた。

みたらし団子は京都の上賀茂神社境内で売られた団子で、焼き醤油で味付けしたものである。餡は入れていないが、味が良いのでたちまち評判になった。なお、団子は黄な粉、砂糖、青紫蘇などをまぶしたものらしいが、お亀団子は何をつけたかわからない。その後も、いろいろな型の団子が売り出されている。

庶民は、正月、小正月、ひな祭り、朔日、月見、祝日に食べたようであるが、特別の日を決めて食べたわけではなかったようである。「お亀団子の日」というのは月末の後の朔日だったのだろうか。それがどういう理由か、知りたいものである。

子守唄についての謎

子守唄については最近非常に多くの研究発表や論説がある。二〇〇五年には、雑誌「環」別冊「子守唄よ、蘇れ」で、日本子守唄協会の三十人の専門家を集めた特集が出ている。参加者は専門家と呼ばれる方々であり、それぞれに蘊蓄を傾けておられる。これを読めば子守唄の概要が理解できる。

素人がここで子守唄の問題を取り上げるのは恐れ多いと思ったが、わかりにくい事項について、細かいことであるが、私なりに論議をさせていただくわけである。

1　いわゆる「江戸の子守唄」のルーツについて

「ねんねん　ころりよ　おころりよ　坊やの子守は　どこへいった　あの山越えて　里へいた　里の土産に何もろた　でんでん太鼓に　笙の笛　起き上がり小法師に振り鼓

…」という子守唄は、日本の代表的な子守唄とされる。

金田一春彦は、当時の高名な作曲家、本居長世に、明治以降なぜ日本の作曲家は子守唄を作曲しないのですかと尋ねたところ、本居は上記の唄を口ずさみ、「これ以上のものが作れますか」と答えたという。

名曲中の名曲であり、なんとなく哀愁をおびたモノトーンな調べに、子供は安堵して寝入ったのであろう。私も母親の唄をきいてしらずしらずに寝入った記憶もあり、また小学校時代、六歳下の弟（夭折した）の子守をさせられ、歌った覚えがある。懐かしい唄である。

さて、この唄は敗戦後しばらくして「江戸の子守唄」として紹介されるようになったことを知った。大正、昭和二十年代前半までは、この唄には江戸の題名はなく「子守唄」だけだったのである。この子守唄は、一九四一年（昭和十六）に小学校国語読本に掲載され、全国的に歌われたが、この時も題名は子守唄だけで、江戸の字はなかった。戦後、誰かが江戸の文字を入れたのである。籔田義雄『わらべ唄考』には、この子守唄について、東京周辺では、千葉、埼玉、茨城県で収録され、福島、新潟県でも歌われていたので、江戸から周辺に広がったのではないかとある。しかし江戸の題はつけていない。同時に、この唄はまったく同じ歌詞で、江戸時代の同じ時期に、伊勢、尾張でも歌われている。どうしてこんなに離れた地域で同じ時期に歌われていたのか理由はわからないとある。『日本民謡大全』には約三万の民謡が集められており、この子守唄も各地で収録されている。しかし、江戸の題字はない。

それで、江戸の字にこだわって調べてみた。この子守唄の歌詞のうち、多くの地域で共通である「でんでん太鼓に笙の笛」の歌詞にまず目を付けた。この小節が記録されている地域をみると、橋本繁の明治中期の調査（『日本民謡大全』）によれば、東京地区、上野国（伊勢崎地区）、相模国（神奈川数カ所）、常陸国、岩代国（会津）である。東京に近い上総、下総、下野国には収録はない。籔田は約四十年後の調査で、埼玉（上総）、千葉（下総）にも見られたという。この間、一九四一年（昭和十六）にこの子守唄が小学校国語読本に載せられ、全国で歌われた影響もあるかもしれない。そうだとすると、一九四五年（昭和二十）ころにはもっと東京周辺の地域で多く採録されていてもよさそうである。

ともかく、東京から連続的に隣接地域へ広がったようにはみえなかった。『日本民謡大全』では、東海道では、伊勢、志摩、尾張、三河国と隣接地域で収録されていたが、三河の東の遠江、駿河国にはなかった。尾張の北、美濃国にはあったが、隣接の近江国、さらに近畿の中心地京都にはない。北陸道は越中国だけで収録され、その他の地域にはない。山陰道は出雲だけである。山陽道は備前、周防各国で収録されており、南海道では、讃岐、土佐国、西海道は　九州北西部の豊前、豊後、日向国で歌われていたが、肥前、肥後、薩摩国にはなかった。東北道はまったくない。

まとめてみよう。隣接する地域に連続的に広がってはいなかった。当時の我が国の主要な街道沿いにこの唄が漸次広がったという証拠は十分ではない。もし江戸でこの唄ができ、周辺に広がったという意味での「江戸の子守唄」と名づけるには問題があると思ったのである。橋本は明治時代、民謡の収集を十数年間にわたり継続し、三万を超える民謡唄を収録しているが、漏れの可能性もあるとしている。これは考慮せねばならない。東京や伊勢から遠く離れた、北九州の三地区、それに近い中国地方の周防、備前、備後国、瀬戸内海を隔てた四国の讃岐、土佐でも同じ唄が採録されているのは、なぜだろうか。

ちなみに、一九四七年（昭和二十二）に北原白秋編の『童謡集』が出版されている。明治末期から昭和十年代までに、全国から集めた三四六二の童謡・子守唄が収録されている。これは既刊の童謡や、全国の四百あまりの団体・個人からの童謡を検討し、編集したとある。『日本民謡大全』と比較すると四十年近く後の出版である。特に童謡を中心に集められたものであり、童謡の地域分布や数はすこし異なっていた。問題の子守唄だけを見ると、白秋編では、この江戸の子守唄は、東京周辺地域で多くが収録されているが、それらの地域に連続性があるとは言いにくい。『日本民謡大全』になかった、大阪、京都や鳥取で新たに収録があった。これも文部省小学校国語読本の影響も考えねばならない。

注目すべきは、白秋編の童謡集にも江戸という題はついていないことである。前述の籔田義雄は詩人であり、北原白秋の高弟として有名であり、昭和の初期からわらべ唄の収集の中心人物の一人で、読破したわらべ唄の数は二万五千篇に達している。籔田は、「私は民俗学者ではないので、学究的ではなく、詩人の感性でとらえ、まとめた。わらべ唄の研究が未開拓であるので、執筆を思い立った。研究途上の一道程であり、識者の批判を仰ぎたい」と書いている。この書では子守唄に七十二ページを割いているが、この子守唄には江戸の題名はつけておらず、前述したように、この唄について、伊勢、尾張との関係はわからないとしている。

江戸時代の記録を見ると、一七一三年（正徳三）初演の近松作 浄瑠璃「天神記」の中に、子守唄として、「ねんねこせ　ねんねこせ　神様の土産にはでんでん太鼓に笙の笛……」という台詞があり、これが原型ではないかと赤松啓介が書いている（『日本の子守唄』）。近松門左衛門（一六五三―一七二四）は上方で活躍した浄瑠璃作家で、有名な脚本を多く書き、竹本義太夫の名演技と相まって一世を風靡した人であるが、大阪が主舞台である。このセリフから見ると、上方では十八世紀初めには歌われていたようである。江戸では十八世紀の後半に記録されている。一八二〇年（文政三）に江戸の僧、釈行智がこの子守唄を童謡集に収め、「でんでん太鼓に笙の笛」の歌詞も入っている。尾張藩では、浅岡露竹斎が一八二九年（文政三）に『子もり唄・てまり唄』を出版しているが、同じ子守唄がのせられている。籔田は前記のように、この子守唄は江戸では宝暦の頃（一七五一―六四）に流行したと書いている。

一方、吉原健一郎／大浜徹也編『江戸東京年表』を見ると、江戸の情報日記である武江年表の宝暦の項には、「大文字屋の大かぼちゃ」という童謡がはやったとあるが、この「子守唄」の記載はない。上笙一郎は、この子守唄の発祥地が江戸とは特定できないといっている。右田伊佐雄は、この子守唄は、猿芝居や地方巡業の中で地方に伝達され、広まったのではないかと推定しているが、この唄が、三河から徳川将軍とともに江戸に入ったという考えには賛成できない、憶測ではないかという。参勤交代街道沿いにこの唄が広まったという証拠が少ないからである。どこから江戸に入ったかは謎のままである。

伊勢の子守唄――笙の笛をめぐって

「でんでん太鼓に笙の笛」という一小節こだわってみよう。これらのおもちゃは古くから伊勢の子供の土産であり、江戸時代には各地へ送り出されたと思われる。この笙の笛は、和楽器の笙ではなく、穴の開いた竹笛（横笛）でピー、ピーとなる子供のおもちゃである。

井原西鶴は『日本永代蔵』に伊勢の土産として笙の笛を書いている（北村薫「でんでん太鼓に笙の笛」「環」八五ページ所収）。江戸前期にあたる時期である。早くから伊勢の土産物で有名だったわけである。くもん子ども研究所『浮世絵に見る江戸の子どもたち』の中に、「子どものおもちゃの一覧」が出ている。ここには、江戸では、おきあがり小法師、張り太鼓、柄がついた竹笛（縦笛）が載せられているが、でんでん太鼓や子供用の笙の笛（横笛）は出ていない。さらに調べる必要はあろう。

笙の笛は伊勢の神事で使われる重要な古い楽器であり、演奏は難しいので、容易に音の出る子供用の横笛ができたのであろう。横笛とせず、笙の笛という商品名をつけて売り出した。でんでん太鼓は他の地域にも見られるが、伊勢では笙の笛と組み合わせて売っていたことや、歌詞としては調子が良い。

ちなみに江戸っ子という言葉は、一七七一年頃から言われはじめ、江戸という用語が、以降よく使われるようになった。このころから江戸が日本の事実上の中心となったと思う。それで、江戸の子守唄としたのかもしれない。

もっとも、明治時代は「江戸」という文字はほとんど使われていなかったことにも注目したい。明治新政権は江戸という名称の使用を嫌ったのではないかと考えている。明治以降江戸と名の付く唄で流行したのは「お江戸日本橋七つ立ち」という唄である。しかし、これは江戸末期に流行した唄であり、明治にできた唄ではない。江戸という言葉が復活したのは敗戦後である。一九六一年（昭和三十六）以後の発刊本が「江戸の子守唄」という名称を使ったのは、軍国主義を推進した明治時代を嫌った戦後の世論が、江戸という名を復活させたのかもしれない。ただ、江戸という名をつけてみると、多くある他の子守唄と区別するのに便利であり、よく使われるようになったのだろうか。

伊勢と他地域との交流

一方、伊勢で歌われていた子守唄が全文伊勢でできたかどうかの証拠はない。また、どこから由来したのかもわからない。伊勢で流行った子守唄が、周辺の地域、尾張や三河、美濃などに広まったのは、人の交流から推定すれば、大いに可能性がある。また伊勢は平安時代から日本全国から人が訪れており、いろいろな異国のものが流入しているので、この子守唄の原型も入ってきた可能性は強い。

唄の原型が陸地続きで入ったとすると、京都や近江、奈良、それに和歌山県でも明治時代に収録されていないので、否定される。船で鳥羽や伊勢周辺に入った可能性はある。四国、中国、九州からはかなりの船が出入りしていたからである。ただ遠隔地であり、そうした証拠はまだ見つかっていない。伊勢地方は早くから人口密度が高く、文化的にも日本では先進地域であり、九州と近畿、若狭、尾張地方とはかなりの交流があったので、そのルートも考えねばならない。（谷川健一、長野正孝ほか）

宮本常一によると、伊勢神宮は皇室の宗廟として祀られたが、はじめ一般民衆のお参りは禁止されていた。平安時代中期から一般の参拝が許され、参拝者は次第に増加したという。伊勢神宮の禰宜は祈祷師（御師《おし》）として全国を回り、代理祈祷をしており、伊勢信仰を拡大していた。この御師を通し、全国に一般民衆の伊勢神宮檀家やお参りの講組織ができ、庶民も伊勢参宮を始めた。庶民と神宮や伊勢が直接結びつくことになったのである。

一五八〇年（天正八）の織田信長による楽市、楽座の制度も、商業の発展、人の交流の増加と関連したかもしれない。同じころから伊勢神宮への参拝客が増え、街路が整備され、宿舎の設備が整ったとある。

江戸時代に参拝客は激増している。一五八五年（文政十三）、イエズス会のフロイス宣教師は、日本人は仏と神の両者をあがめており、神については、特に伊勢神宮には信者も多く、一生に一度は巡礼として参拝したいというほどであると記している。

一六九一年（元禄四）、長崎の出島に赴任した医師ケンペルは、彼自身が二度伊勢参りをしており、その見聞記に、いろいろの階層の庶民が伊勢を参拝する実態を詳しく記載している。ケンペルによれば、江戸時代はかなり参拝者が多かったようだという。

伊勢参りは、江戸期に入りますます大きくなった。伊勢参りは男だけでなく女性が多く、大人の案内者に引率された集団参拝者には青少年の集団が多かった。

したがって、伊勢にもたらされる情報も多かったし、伊勢から持ち帰る経験やお土産も全国にもたらされたと推定される。特に、江戸時代のおかげ参りには数百万人が参詣し、女性も多かった。抜け参りということも少なくなかったようだ。伊勢参りは雇主に黙って勤めを休んでも罰せられなかった。大規模な庶民集団の参詣はおかげ参りと呼ばれ、一六五〇年（慶安三）、一七〇五年（宝永二）、一七七一年（明和八）、一八三〇年（天保元）、一八六七年（慶応三）にあったことが記載され、一七〇五年のおかげ参りは四、五月の二カ月間で三六二万人あった。京都所司代でおこなった調査では、六万七六九五人の参加者のうち、男は三万八千、女二万九千で、女子が多いのに注目したい。

一七七一年（明和八）のおかげ参りはより全国的で、四カ月だけで二〇七万人、関東からも九州からも参加者が多く、お札が降り、参詣者は踊りまくったという。

伊勢音頭が全国的に知られるようになり、また伊勢の土産も各地にひろがった。例えば、手すき紙でつくった煙草入れや、竹笛、貝細工、馬の玩具、赤手ぬぐい、しゃくし、箸、櫛、かんざしなどで、評判がよかったという（宮本常一『伊勢参宮』）。こうして子守唄も笙の笛やでんでん太鼓も各地に広がったかもしれない。

江戸中期の一七七八年（安永七）の伊勢神宮信者の全国分布がわかっている。宮本によれば檀家の多いところは東北では陸奥、出羽国、関東は常陸、武蔵国、中部は越後・信濃・美濃国、近畿は播磨国、四国は土佐・伊予国、九州は肥前、肥後国である。中国地方は関東や中部ほどは多くはないが、備前、備中、備後、安芸、周防国で周辺地域よりも相対的に多い信者が登録されている。この檀家数と「でんでん太鼓と笙の笛」の唄の分布には相関があるのも興味深い。参宮者に婦人、子供が少ないことは、子守唄も参宮者を通して中四国、九州北部から伝えられ、また伝わった可能性が考えられるからである。

子守唄の伊勢への由来をめぐって

鬼頭宏や速水融によれば、江戸時代一七二一年（享保六）から一八四八年（嘉永元）まで、六年ごとに人口国勢調査がなされている。この間は日本の人口は増減が少なく、地域別に見ると、江戸を含む武蔵が二〇〇万人、京大阪の畿内が二〇〇万人、それ以西は合計一〇〇〇～一一〇〇万人と多く、中部東海全域は八五〇万、東北は二五〇万前後であり、この人口の東低西高傾向は江戸時代から明治、大正まで続いている。

人口の多い中部以西に子守唄の種類も多い。西国は古代から国として発展し、住民も多く、経済的にも比較的豊かで、文化も多様であった。戦国を経て江戸時代に入り、特に十七世紀に入って住民は西から江戸へ漸次移動した。その速度はゆっくりであったが、中心の江戸への流入人口は急増した。開府当時から数十年は男の人口が多く、生活様式も上方に比べれば田舎的であった。しかし、次第に近代化していった。

この子守唄が流行った宝暦といえば一七五〇年（寛延三）後半であり、人口は増加し、日本中の富を集め、経済的にも豊かになったころだ。子供も増え、子は寺子屋に通わせて読み書きそろばんを教えた（R・P・ドーア『江戸時代の教育』）。文化面では江戸特有の和楽や芝居も毎日のように上演し、上方にかわり日本の中心となってきていた。労働から解放された子供らは民謡や童謡を歌ったことであろう。しかし、いわゆる江戸の子守唄が江戸から伊勢などへ逆行して伝えられたという証拠は見つかっていない。

民俗学者で子守唄の研究もした赤松啓介は、この子守唄は出雲あたりが発祥地ではないかといっている（『日本の子守唄』）。証拠は示されていない。筆者はたまたま友人から、「ねんねんころりよ」という出だしの子守唄は「朝鮮半島」にもあると聞いた。それで、手元の朝鮮の民謡・童謡集を見てみると、李朝の童謡の中に「ねんねんよい子よ　おこ

ろりよ　おころり峠に　火がついて　峠向うのねんねこ眠りさんが見えた　坊々よい子よ　おころりよ」(慶北道)があり、他の地域でも同様な李朝時代の子守唄が収録されていた(金素雲訳編『朝鮮童話選』)。

一方、この「ねんねん」という眠らせ唄の導入部は世界の広い地域で歌われているという。朝鮮半島からは古くから多くの人々が日本へ移住してきており、故郷の唄を歌い、それが地域の唄としてつながった可能性も考えられる。

奈良時代、またそれ以前にも朝鮮半島から多くの人が渡来している。九州から大和にかけ自由に往来していたようで、四国・九州と山陰や大和は遠いという感覚ではなかったであろう。戦国時代は、秀吉の朝鮮侵略戦役後に多くの朝鮮住民が連れてこられ、日本で住み続けた歴史がある。彼らが学問や陶芸など文化面で大きな貢献をしたことは周知である。佐賀県の有田地方では、第二次大戦後でも、朝鮮系由来の人々の一部は昔からの朝鮮型の冠婚葬祭の習慣を守っているという記事を見た記憶がある。

伝統的な子守唄も歌い継がれた可能性も考えねばならない。しかしこの子守唄についての記録は今回の調べではみつからなかった。出雲から海路で若狭への交流は多く、若狭と尾張は古くから密接につながっていたし、熱田神宮の草薙剣(天の叢雲の剣)は出雲の神話の剣である。海路はかなり自由に往来ができたようである。
古くからの子守唄の題名だけについて、いまさら目くじらを立てるのもおかしいと笑われそうであるが、信仰と関連した伊勢との結びつきを考えに入れると、子守唄が各種の情報と一緒に伊勢に流れ込んだ可能性もあるかもしれない。

追記
雑誌「環」の特集「子守唄よ、甦れ」の巻末には、全国子守唄分布表が、県別、地域別に、「子守唄の名」と「唄いだし」が載せられている。一〇〇〇曲以上ある。これを見ると、江戸の子守唄というタイトルはどこにもない。「ねんねんころりよおころりよ」などという題名がつけられている。この資料は、尾原昭夫選曲『日本のわらべ唄（歌曲集全三巻）』を参考にし、日本子守唄協会の調査による情報を加えまとめられたものである。

2　子守唄「お月さま　いくつ　十三　七つ…」

子守唄には、寝させ唄、目さめ唄と遊ばせ唄がある。このお月さまの唄は、目さめ唄に入っている。

お月さまに関する子守唄はかなり古くからあったらしい。江戸時代の記録で目についたのは、一七〇四年（宝永元）、因幡（鳥取県東部）の野間義学『筆のかす』にこう書かれてある唄である（尾原昭夫選曲『日本のわらべ唄』）。

「お月さま　なんぼ　十三　七つ　ななおり（斜織、七織）着せて　京の町に出たならば　笄《かうがい》おとす　はな紙おとす　笄屋が拾う　はな紙　はな屋が拾う　泣いてもくれず　笑《わろ》てもくれず　何ぼ程の殿じゃ　油壺から引き出したような小男　小男」とある。

お月さまと若い娘の組み合わせで、着飾った娘はいじわるされるというユーモラスな街頭風景である。ただ、最後の小男は何を示そうとしたのか。一寸法師のことだろうか。何か社会的風刺であろうか。関係がなさそうな歌詞が続くが、それでも唄を引き立てているようである。

約百年たった一七九七年（寛政九）出版の『諺苑《げんえん》』（太田金音）には、

「オ月サマ　イクツ　十三　七ツ　マダ年　弱イナ　アノ子ヲ生ンデ　コノ子ヲ産デ
オ万ニ　抱セョ　オ万ドコイッタ　油カイニ　酒買イニ、油屋の前で、油一升コボシタ
ソノ油ドシタ　太郎ドンノ犬ト　次郎ドンノ犬ガ　ミナ舐メテシモウタ　その犬ドシ
タ　太鼓ニハッテ　鼓ニハッテ　アッチヲ向イテハ　ドンドンドン　コッチオムイテハ
ドンドン…」

とある。これが全国的に歌われている。お月さまから始まって、若い娘、赤ん坊、子守、買い物のしくじり、こぼした油、油をなめた犬は殺されて太鼓の皮になった、という連続ストーリーである。

「お月さま　いくつ　十三　七つ」の意味がはっきりわからない。調べるといろいろな説明があるが、三田村鳶魚の「十三夜の七ツ（午後四時）頃の月」というのが通説のようだ。『広辞苑』もその説をとっている。十三夜の月は十五夜に劣らず美しい。そして七ツ（午後四時）の月は、弱そうにみえ美しいから、とある。ちなみに沖縄八重山列島では十三夜の月は十七の乙女のように美しいと書かれてあり、地域で七の意味は少し異なるようである（浅野健二）。

「まだ年　弱い」は「まだ年　若い」と歌う地域が多い。若いので、「あの子を産んで」と新しく始まったのかもしれない。

「あの子を産んで」の歌詞について、筆者は十三歳で子を産むのは少し早いのではないかと疑ったのである。一九〇〇年（明治三十三）頃の日本女性の初潮年齢は平均十五歳前後と遅かったからである。その後の調べでは、日本人女子の初潮年齢は、大正時代、昭和時代と新しい時代になるほど前進し、昭和時代初めには十三歳になっていた。戦後はさらに早くなり、大部分が小学生ではじまるようになった。前進現象である。これは発育期の栄養と密接に関連していることがわかった。

筆者は、江戸時代は栄養が悪く、もっと初潮年齢は遅いと思いこんでいた。ところが水田正能の書いた随筆「タンポンと蒲公英」に、江戸時代の『てばこの底』（一七六八年〔明和五〕刊行）の『産婦人科医書』を見ると、女子の初潮年齢は十三歳という記事が載っていたとある。もしこれが平均とすると、初潮年齢はもっと早い娘がいたはずである。そういえば江戸時代の浮世絵を見ても若い女性の体格は悪くない。さらに驚いたのは、奈良時代の律令制の法律に「結婚は男十五歳、女十三歳であれば認める」と書かれてあった。十三歳は子供を産める年齢と為政者は判断したのである（森山茂樹ほか

『日本の子ども史』)。

江戸で有名な火付け事件、八百屋お七が恋煩いになり、放火したのは十五歳の時であり、十五歳で女性として十分成熟していたわけである。上方、江戸時代、特に中期以降はかなり富裕であったようで、農家も余裕を持って生活していたとある。子女の栄養状態はそれほど悪くなかったのであろう。

一方、明治時代中後期、大正時代初期は、高度成長時期ながら、富国強兵政策、税金の徴収の変化もあり、大部分の庶民は貧困であった。食糧補給もあまりよくなく、子供たちの栄養状態は平均してよくなかった。人口の八〇%を占める農民層は特に貧困で苦しんでいたのである。大正時代の食品の消費量を見ても、栄養は極めて悪い。子供の労働負担も軽くはなかったので、初潮年齢は後退していたのである（青木國雄「20世紀における日本人の疾病構造の変化と食生活」）。つまり発育は遅れたわけである。

明治時代は健康面ではあまり褒められた時代ではない。死亡率を見ても、江戸時代より明治中期の死亡率はかなり高く、大正後期からようやく改善している。健康政策に問題があったことを示唆している。

大正時代につくられた「赤とんぼ」の唄では、「ねえやは十五で嫁に行き」とあり、大正時代でもねえやの階層は十五歳で初潮があり、嫁いでいったことを示している。子守唄での十三歳は子を産むこともできる年齢であったのだ。

「十三　七つ」の歌詞は、十三　一つ（大阪、和歌山）や十三　九つ（高知）と歌うところもあった。「十三　一つ」は十四夜のことで、月が非常に美しいからという。九つの意味はわからない。やはり時刻を指すのであろうか。

「十三　七つ」の後の歌詞はすでにふれたように、地方で少しずつ違っていた。

「あの子を産んで　この子を生んで　お万に抱かしょ」は多くの地域で共通している。歌詞のお万という名前は子守りの名ではなさそうとある。浅野建二は、お万はオバン（お番）、つまりお守りからでたのではないかと言っている。

「お万どこ行った」からはわかることは、守り子は油屋や酒屋などに使いにも出されていたらしく、子守だけではなかった。そして、失敗もあったことを示唆している。油をこぼしたことはかなりのしくじりであろう。高い品だからである。こぼした油を犬が舐めたとは本当だろうか。犬が油を好んで舐めるという記録をまだ見つけていない。これは別の意味を持っているかもしれない。

それにしても、こぼした油を舐めただけで犬は殺され、太鼓の皮になるとはどういう背景があったのであろうか。三味線には猫の皮を使うと聞いていたが、犬の皮も小さい太鼓に使っていたことがわかる。

また、太郎と次郎は罰を受けなかったのか。お万とはどんな関係にあるのか。最後に太鼓を鳴らすのはなぜなのか。皮を破ってしまえという歌詞もある。この唄の中にいろいろな事件が暗示されているのであろうか。

十三夜の美しい月から若い娘を連想し、子供を産んで育てる。子も複数になると子守が必要で、子守はほかの仕事もする。油を買いに行って、粗相して瓶を割ってしまう。お万はべそをかく。困ったなあ、仕方がない。それにしても油を犬が舐めるとは…。それだけで犬は殺されて、その毛皮が太鼓になった。その太鼓がどんどんとなっている。不思議な物語である。

何かを風刺した唄であろうか。きれいな月を見ているといろいろな出来事が重なって思い出されるのであろうか。

この唄は、優雅でユーモアもあり、調子もよい。優れた唄である。物語は映画のフィルムが回るような描写である。長く歌い継がれたわけである。

3　五木の子守唄の登場

一九五三年（昭和二十八）頃、五木の子守唄が全国的に流行していた。守り子たちの、辛さ、差別への恨み、あきらめ、死まで考える唄の数々、もの悲しい調べは、敗戦後まだ精神的に立ち直れない日本人の琴線にふれ、あっという間に全国に広がったように思う。それまで五木という地名はほとんどの人が知らなかったので、昔から歌われていた唄が復活したと思い込んでいた。思想的に左翼の人々の強い支持もあり、軍国主義時代の虐げられた農民の子女の辛い物語に共鳴し、若者たちは機会を見てこの唄を合唱していた。

五木というほとんど誰も知らなかった九州の小さい村の地名も記憶に残ったが、その歴史や生活や現状には関心は薄かった。唄だけが広がったのである。この唄を調べてみると、その後、何人かの学者が五木地方で調査をおこない、いくつかの文献が発表されていることがわかった。五木の子守唄の背景を少し調べてみたが、この唄は明治、大正、昭和初期の民謡集や童謡・子守唄の本にはまったく見つからなかった。つまり新しい唄であった。なぜ、敗戦後、突然、全国的に広まったのか不思議に思った。

歌詞は守り子についての唄が多い。赤坂憲雄は、この五木の子守唄について詳細に調査し、『子守り唄の誕生』という名著を出した。これによって、はじめて五木の子守唄の全貌が明らかになった。この唄を友人と歌った私も、この唄のことはすっかり忘れており、マスメディアも最近はあまり取り上げていない。

専門家の間では周知のことであろうが、私見をまじえて、その概略を友人や知己に伝えたいと思った。

守り子について

五木の子守唄は、子守りのための唄よりも、守り子についての唄である。子守は長く母親、乳母など大人の仕事であった。子だくさんの家庭は、当然兄や姉が年少者の守をしたのは間違いない。赤坂憲雄によれば、イエズス会の宣教師フロイスが、「日本ではごく幼い少女が、ほとんどといって、赤児を背に付けて行く」と記載している。戦国時代、十六世紀末のことである。このように長い歴史があるのにあまり注目されなかった。

守り子を歌った唄としては、一七七二年に出た「山家鳥虫歌」がある。三重県の志摩地方の子守唄で、「勤めしようとも子守はいやよ　お主にや叱られ　子にゃせがまれて間に無き名をたてられる」とある。これは江戸の中期である。志摩のような漁師の多い町では目立ったのかもしれない。雇われた子は少なかったのではなかろうか。年少の子女が経済的な理由で、他家の幼児の子守に雇われる数が増加したのは、江戸時代の中期以降かもしれない。それ以前は、武家や、経済的に豊かな家で、乳母や育児の経験のある婦人を雇っていたようである。

もっとも大阪では江戸時代の早くから商業が栄え、豊かな商家では、貧困な家庭の子供を雇い、守り子として使ったとある。子に十分食事も与えることができない家庭では、少し大きくなった子は「口減らし」のため奉公に出した。女子は子守である。

しかし、明治時代には、全国各地でやとわれ守り子が増加したことが記録されており、やとわれ子守の悲しい多くの唄が残されていることを知った。特に、大阪では守り子の仕事の厳しさを歌ったものが明治後期に集められ、記録されている。

明治時代後半はさらに、全国的に守り子が増えたようであるが、大正時代に入ると軽工業が発達し、年少の子女は給料の良い女工として働くようになったので、守り子は激減したらしい。それで、涙をさそう守り子の唄はいつの間にか消え、忘れ去られたようである。復活したのは敗戦後である。

五木の子守唄の誕生

赤坂によれば、一九三〇年（昭和五）人吉の小学校教師田中隆太郎は、柳田国男や北原白秋らが提唱した「忘れられつつある日本の昔からの民謡や子守唄の収集・保存」という運動に共鳴して、九州で子守唄（歌詞）とその採譜を始めた。五木、相良、人吉など球磨地方の球磨川沿いの地域を調べ、多くの唄を集めた。それを「五木地方の子守唄」と「五木四浦地方の子守唄」として発表した。一九三〇年（昭和五）頃にはこれらの子守唄はもう歌われておらず、聞き語りで唄を探したとある。これらの子守唄に対して、彼は五木という名を付けた。

この唄は一九三〇年（昭和五）ごろＮＨＫ熊本局から全国放送されたという。敗戦後、再度コロムビアレコードから音丸のレコードとして出された。一九五一年（昭和二十六）、ふたたび熊本局からこの唄が放送されると、地域ではかなりの評判だったとのことである。しかし全国的に広まったわけではない。この曲は、さらに古関裕而により歌謡曲風にアレンジされ、一九五三年（昭和二十八）、キングレコードから出した照菊の唄声が大ヒットし、短期間に全国に広まった。これが五木の子守唄の誕生の歴史であると赤坂は書いている。

ヒットした曲は、昔、五木など球磨地方で歌われていた調べとはまったく別ものであった。明治三十年代後半、球磨地方でこの唄を守り子たちと歌ったという作家の高群逸枝は、「この唄の合唱は、平地から山地に入るにしたがって、漸次深刻になり、五木あたりで、絶頂に達した。五木からは大勢の子女が守り子として球磨の各地で働いており、五木は守り子の補給基地だったから」といっている。しかし実際に歌われた調べの記録は見つかっていない。

五木の子守唄を詳細にみても、五木地域に関連した歌詞はないと赤坂はいう。五木で生まれた唄ではないのである。人吉や球磨地方で歌われていた守り子仕事の辛さ、守り子の悲しい気持ちを描いた歌詞を、五木からの大勢の子守たちが歌い広めて故郷へ持ち帰った。

歌詞の多くは、他の地方にある守り子の唄と似ているが、特異的な歌詞もある。また、全国的に歌われるようになった唄の調べは、五木の「相良村四浦」のものが、周辺に広がるにつれて変わり、現在の調べは、人吉で歌われていたものに近いという。

守り子という仕事の厳しさ、辛さのほか、守り子のおかれた地位の低さ、差別への悔しさ、その結果としてのあきらめ、死への思いなど、切羽つまった心情が描かれており、それが人々の心を打ち、広まったのであろう。

赤坂は五木の子守唄の歌詞を七十も採録している。よく知られている歌詞の一部を赤坂の書から抜書きする。

おどま盆ぎり盆ぎり　盆から先ゃおらんと
　盆が早よくりゃ　早よもどる
おどま勧進かんじん　あん衆《し》たちゃよかし
　よか衆ゃよか帯　よか着物《きもん》

こういう泣く子にゃ　二年とは添わぬ
　せめて二月の　二日まで
二月二日が　明日なりゃよかろ
　せめて今日なりゃ　なおよかろ

おどんが死んだちゅて　誰《だ》が泣《にや》ぁてくりゅきゃ
　裏ん松ちゃみゃ　蟬《せん》がなく
蟬じゃござらぬ　妹《いもつ》でござる
　いつも泣くなよ　気にかかる

おどんがうっ死《ち》んずろば　道ばちゃ埋《い》けろ
　通る人ごて　花あぐる
花はなんの花　つんつん椿
　水は天から　もらい水

普通の子守唄とは変わった不思議な唄である。歌詞を読むと、守り子たちは盆が契約の切れる交代時期であり、また、別のグループは二月二日、おそらく旧正月が区切りのようである。契約は一年が普通であったのであろうか。勧進、勧進という歌詞は、当時球磨地方を巡礼、托鉢していた念仏僧が唱えていたからのようである。

この地方は門付け芸人も多く、球磨地方を回っていた影響もあるという。守り子も流れ者という境遇に似たものであったのであろうか、似通った歌詞に共感を持ったのであろう。守り子は七〜八歳から十歳前後の少女であり、辛い仕事に早く家に帰りたかっただろう。契約が切れて帰るのが待ち遠しく、「早よ戻る」と希望的な唄を歌ったのではないか。「あん衆たち」とは、雇い主であり、かなり差別されて過ごしたのであろう。着物へのうらやみを言っているが、着物は富のシンボルでもあったからである。

後半は上記のように、死を歌っている。あきらめや絶望感がにじみ出ている。子供の考えることであろうか。大人がつくって歌わせたのだろうか。無常観は念仏僧や門付け芸人たちが歌った唄の影響も考えられる。しかし子供が死を考えるということは、聞く人に強烈な衝撃を与える。唄が世に広まった大きな理由の一つかもしれない。

繰り返しになるが、赤坂が強調しているように、唄の全体を通して、五木という地域の影はまったくうかがわれない。つまり、ひえつき節のような椎葉村を背景にできた唄ではない。それだけに守り子それ自体の心情がより大きく反映され、そこに普遍性が生まれた。

松永伍一は五木の子守唄について、「よく言われている五木の身分差別、旦那たちとナゴ（名子）という関係が起因しているという説に強く反対する。いろいろな仮説があるが、これは被差別部落の人々と子守り娘たちの合作であり、精神の深みに根差すリアリズムが、流浪の痛みをかろうじて癒そうとした共感の声であり、わたしは今、風韻のように耳にすることができる」といっていると、赤坂は記述する。しかし、現地を調査し、唄をよく研究した赤坂は、この主張は一応理解できるが、残念ながらほかの仮説と同様で、同意しがたいと断じ、五木の子守唄の特異性を種々論じている。

なお松永は、五木の子守唄のいくつかの歌詞は本当に素晴らしい、例えば、上記の「花はなんの花　つんつん椿」とか、「水は天から　もらい水」などは文学的にも程度の高いイメージ処理であり、詩人にもかけない表現である。日本的な発想で、外国から来たものではないと称賛している。こうした特異で客観的な描写は、他の子守唄にはない。

五木に近い人吉は城下町であり、豊かなところであったので、職を求めて周辺各地から人が集まり栄えた。ここには遠く天草あたりからも多くの人が移住していた。これら流れ者は唄好きだったという。球磨地方にはおそらく各地の唄が歌われ、それが五木の子守唄に取り入れられたのであろうと赤坂はいっている。

明治時代中期の五木村は、山間の四百戸あまりの小村で貧しく、資本もなかった。明治に入ってシイタケ栽培が始まり、鉱山の再開発や森林の伐採事業もおこなわれ、多くのよそ者が移住してきて、明治末までに戸数は千戸まで大きくなったという。村の景気は良くなったであろうが、人付き合いはむずかしくなった。貧富の差も大きくなったようである。

赤坂の記載した村の年譜をみると、

明治十七年　人吉資本で五木に椎茸（ナバ）の栽培が始まる。
明治十一年　豊後の職人により椎茸の人工栽培と木炭製造が始まる。
明治十五年　五木鉱山が再開発され、また山師が火力の強い白炭をつくり始める。
明治二十年　八代資本で山林開発がはじまる。
明治二十五年　紀州山師が紀州炭をやき、また山で木材切り出しをはじめる。

とある。

新しい産業の多くは、他の地域の資本で始まった。新しい技術も必要であり、当然、技術を持つ多くのよそ者が必要となった。よそ者は、村民とは別の暮しをしていたようだったが、その影響は小さくなかった。渡り山師と呼ばれる人には、材木山師、木炭山師、椎茸（ナバ）山師があり、紀州からも材木伐採や川流しの仕事師がやってきた。木おろし唄・木挽き唄や、他国の民謡が多く五木に入ってきた。

さらに、住み着いた山師の娘たちの歌う民謡もあり、影響を与えたであろう。地元の農民も多少の利益は受けただろうが、下請けが多く、相変わらず貧しい生活が続いた。若者は周辺地域に出稼ぎに行き、娘は守り子として球磨地方に散っていった。球磨地方全体としても、同様に新しい農林業が盛んになり、変貌していった時代という。一種の産業革命であり、結果としていろいろな社会的歪みも生じ、特に貧困家庭に厳しい事態を引き起こしたのであろう。

五木の産業の変化は明治初年より始まっており、流れ込んできた商人、炭焼き、渡り山師などの外来者《よそもん》が五木地方の旧秩序を揺るがせたのは十分考えられる。それに対して、百姓らの娘たちは抵抗のしるしとして唄を誕生させたと赤坂はいう。守り子は集団として行動していたようで、集団として唄を合唱したことは、高群の記述からもうかがえる。歌詞は前述のように、各地域から球磨地方に入った民謡が多いが、五木の守り子たちでつくった唄も入っていると思われる。後述する宇目の歌合戦からもみると、かなりの自己主張を読み込んでつくったと思われる唄があるからである。

明治時代の守り子の唄は、大阪に多く残されている。やはり年少児の心細さ、仕事を反映した、つらい仕事、思いやりの少ない周辺への憎しみ、差別への怒り、ののしり、悲しみ、抵抗とあきらめ、などを反映するつぶやきが主である。大阪ばかりではなく、全国的にそうした唄が残されているのに驚く。

もっとも、それらは守り子の周辺以外、あまり広く伝わらなかったようにも思われる。それを題材にした読み物は近年まで少なかったからである。社会的にあまり問題にされなかったのであろう。わが国の近代工業が大正時代に急速に発展し、それとともに、奉公としての守り子は消えていった。短い期間であり、少数の年少者のグループの、楽しくない唄は広がりにくかったのであろう。それが敗戦後の先のみえない暗い社会の中で復活したのである。やはり、繰り返し記録する必要があるように思われる。

五木から山を越した大分県南部の字目は鉱山で栄えた地域である。ここでも当時、子守が多く、守り子たちの唄ゲンカで有名だったとある。守り子たちの集団が二手に分かれて唄の応酬をするのである。挑戦的な唄には、即興的に新しい唄で応酬しており、知恵者がいないと唄げんかはできないことがわかる。守り子たちは、集団として、彼女らのストレス解消法を歌合戦で見つけたに違いない。これは女子の歌遊びであるが、男子の戦闘遊びを見るようで、すさまじいエネルギーに打たれる。

注

『日本民謡大全』の中には、五木の唄はないが、同じような守り子の唄が各地域で見られる。それは地域で異なるが、五から十あった。伊勢国（三重県）はなぜか子守唄の総数は一七九も記録されている。伊勢国は当時東海地方最大の人口を持ち、前述したように、伊勢参りの参詣客が全国から集まることもあり、各地の唄も持ち込まれ、また新しくできたのであろう。

これらの資料でみると、子守唄の歌詞は、子のかわいさ、慈しみを歌ったのは意外に少なく、子守のつらさ、悲しさ、子の憎らしさ、子供の両親への恨み、つらみ、また我が身の情けなさ、哀れさ、自分の親への恨みなどを歌ったものが多い。その他、守り子の恋愛、誘惑、守り子同士のいい争いなどの唄も少なくない。子守唄という部門は、子守よりも守り子のことを歌った唄の方が多かった。

明治以前、関西以西の人口は全国の過半を占めており、子供も多く、西日本に子守唄が多かったのは当然かもしれない。紀伊国や九州の中南部地域では地域特有の子守唄の収録数は多くなかった。理由はわからない。調査が不十分だったかもしれない。

最近、ＮＨＫテレビの「にっぽん子守唄紀行」を観たが、それぞれに地域固有の唄があり、おもしろかった。しかし、その唄の誕生は新しいものが多いのに意外な思いがした。

4　あんたがた　どこさ　肥後さ……

「あんたがた　どこさ　肥後さ　肥後どこさ　熊本さ　熊本どこさ　せんばさ　せんば山には狸がおってさ　それを猟師が鉄砲で撃ってさ　にてさ　焼いてさ　食ってさ　それを木の葉でチョッとかぶせ」

この唄は毬つき唄に入っているが、戦後のラジオ放送で一躍有名になり、肥後のわらべ唄として知られるようになった。戦前の本を繰ってもこの唄は見つからない。藪田義雄は、この唄は東京周辺、川越で流行ったと書いている。川越以外の東京地域とか、遠方では尾張、上方でも唄われたとある。江戸で歌われた地方の唄というので、関心を持った。

十六世紀には、江戸という町は、荒川の流れる沖積平野で人家もまばらであった。領地の替地を命ぜられた徳川家は、大変な努力をして川を改修し、三角州地帯を田んぼや耕地に整備し、町をつくり、さらに周辺の山地を切り開いて人工的に大きな町をつくった。一六〇四年、江戸城の建築とともに町づくりを進め、徳川政権の中心地として日本全体を管理し始めた。以来多くの人々が全国から集まり、政治、経済の中心となったいわば新興の都市である。武士は江戸城の周辺に出身地別に住みわけたので、地名をいえば出身藩がわかるほどであった。参勤交代制度で全国の武士が交代で江戸に住んだが、全国からの人々の移動は、多くの産業を産み、人口の増加もあり、急激に発展した。町人は江戸南部の埋め立て居住地を割り当てられ、漸次、周辺の町に住みつくようになり、十八世紀後半には人口百万都市になった。世界最大の都市である。行政の管理も優れていた。

初期には女性の数が少なく、世帯を持つのは難しかったので、市民が主体になって町おこしをするには時間がかかった。文化のレベルは上方に比べ遅れていた。江戸に住む住民の出身地は全国に散らばっており、住民の間の交流も限られていたが、産業も盛んになり、生活が安定し、世帯も増えると交流も盛んになった。

生まれも育ちも江戸というグループが誕生した。「生きのいい江戸っ子」という言葉が使われ始めたのは一七七一年(明和八)以降という。住民同士は、はじめは、お互いに出身地を尋ねあったという。その一つが遊び唄となったのであろうか。移民の多い米国でも、互いの出身地を確かめ、気分があえば親類同様の付き合いを始めたという。孤立を避けることは生活に不可欠の要件である。

さて、この唄は、「肥後どこさ　船場さ」と続く。船場は、加藤清正が熊本の町づくりの際、開削した川の船着き場の地名で、現在もある。洗馬とも書かれるので、馬も洗ったのであろう。しかし唄にある船場山という山は肥後にはなく、また洗馬山の地名はない。熊本では「船場川には海老さがおってさ　それを漁師が網さでとってさ　煮てさ　食ってさ　うまさがさつさ」と変えて歌っている。これは意味がわかりやすい。船場山がないとすると、唄は続かない。しかし、九州の上の関にはせんば嶽という御船歌枕（神子ぶし）がある。しかし少し遠い地域なので、無関係とされている。

合田道人の『案外、知らずに歌ってた童謡の謎（2）』によれば、「せんばやま」は千葉山と書かれ、唄は千葉県の話となるようである。千葉なら、山もあり、狸や猟師もいてもよい。合田は、川越には天海僧正の創建した喜多院があり、それは仙波山の麓にある。そこには家康を祭る東照宮が建てられている。川越を通る人の多くは、このお寺に立ち寄るので、川越は繁華な町になったという。この天海僧正は狡猾な人とのうわさもあり、彼をたぬきと呼んだのではないかという説がある。恨みを持つ人も少なくなかったという。

「鉄砲で撃ってさ　煮てさ　焼いてさ　それを木の葉でちょいとかぶせ」もわからない。「ちょいとかぶせ」については動物を殺してはいけないという、将軍綱吉の生類憐みの令によって山野で獣狩りで遊んだ罰を受けた若者の事件が見え隠れするようである。この法令は悪い法令ではなかったが、生き物を殺さずにこの世はうまくゆかないので、いろいろ社会問題が起きた。動物を保護しすぎて人が処罰されるなど、行き過ぎた事例があった。法律で禁猟期間中であっても、こっそり獣狩りをして、その獣肉を食べたものがいた。その証拠は隠さねば罰せられるので、「ちょいとかぶせ」と歌ったのではないかという。遠回しの風刺唄と考える人もいる。唄の成立と法令との間に本当に関連があるかは不明である。

「鉄砲で撃った」の項については、肥後で別の話があるという。熊本の近くの人吉藩で、お家騒動があり、仮養子の藩主が家臣に鉄砲で殺害された。それが江戸に漏れないように厳重に隠したというのである（合田）。この話は江戸中期、宝暦のことである。事件が発覚すれば人吉藩はお取り潰しになる。肥後で唄にするはずはないように思われる。

なお、唄に狸が出てきた。狸汁はカチカチ山で有名であるが、江戸時代、一般には狸肉はあまり食べず、主にムジナ（アナグマ）の肉を食べていたという。ムジナよりも狸の方が、人になじみが深く、歌う調子もよかったのであろうか。

5　子とろ　子とろ

人さらい、子買いについて

外で遊んで遅く帰ると、「人さらいが来るよ。気をつけて」と母はよく言った。就学前のことである。さらわれるとどうなるのと聞くと、サーカスに売られたり、監禁され、いやな仕事ばかりさせられるとか、時には殺されるという。恐ろしい話だったし、サーカスはできそうになく、監禁されて、家に帰れないのは何とも怖かった。そして、難治な病を治すため、子供の肝をとって食べたとの話を聞くと、声も出なかった。

人さらいはどこにいるかわからない。家から遠いところで日が暮れると怖かった。大人になって、薬のために子の肝をとるという話は複数回聞いた。それで、「子とろ　子とろ」に関するエピソードを調べてみた。

人さらいと薬としての生き肝

人さらいについては、平安時代にできた『今昔物語』に以下の話が載っている。

丹波の守であった平貞盛は、切り傷から悪性の瘡ができ、これを治すには児干（胎児臓器の肝からつくった薬）しかないといわれた。胎児の肝である。やむを得ぬ事情のあった貞盛は、息子の惟衡《これひら》に、妊娠している嫁の胎児を差し出せと命じた。

当時の偉い人はこんなことも言えたらしい。息子は他の医師と相談、血のつながる子は不適と聞いたのを幸いに、厨の下女の胎児を代わりに出したという。この胎児の薬は無効であった。それで、必死になって他の児干を探しだし、それにより父の病は治ったという。

中国由来の本草項目には、幼児の肝臓が各種の難病に効果ありとされている。この書には、人胞衣（エナ）、臍帯、胆嚢、肝臓、ミイラなどが難治の切り傷などに有効とある。一三九一年（明徳三）富小路範実が著した「鬼法」や、一三五七年（延文十二）の「金創療治鈔」などに、切り傷には、へその緒、児干を乾燥粉末にしたものが有効とある（斉藤研一『子どもの中世史』）。

別の話では、一一九八年（建久九）奈良の春日若宮で、お供役の中臣遠忠が自分の傷の治療に児干を用いた。これを聞いた雇い主は、「彼は不浄の身となった。神官にはふさわしくないから解雇したい」という旨の書簡を出したと書かれてある。鬼が来て子を食べるという噂は広く伝えられていた。一三五三年（文和二）には、数十人の子をさらい、生き胆をとり売ったという罪で、ある尼僧が逮捕され、引き回しのうえ、処刑されたとある（『園太暦』一三五三年〔文和二〕、黒川道祐『雍州府志』）。人肉がハンセン病に効くという記事は鎌倉時代にあり、江戸時代には死体の埋葬に従事していた「御坊」がひそかに臓器を焼いて薬として売っていたという。その後も、人骨や人肉は黒焼きにし、難病に用いられていた（斉藤研一『子どもの中世史』、橋本伸也ほか『保護と遺棄の子ども史』）。昭和の年代でも新聞沙汰になった事件がある。他の国でも子供の臓器を薬にしたという記録がある。

子取り、子買い

子取りという事件は、歴史にも多く出てきている。有名なのは森鷗外による山椒太夫物語である。平安時代末期の『今昔物語』をベースにしている。陸奥掾平政氏の妻は二人の子、安寿と厨子王が罪を得た父を訪ね、会津から京に向かった。途中、越後でだまされて、人買船に乗せられ、子らは丹後の由良の山椒太夫に、母は佐渡に売られた。兄弟は芝刈りや水くみに使われたが、機を見て姉は弟を逃がし、自らは入水自殺をする。厨子王は僧侶姿で逃れ、無事京につき、清水寺に泊まった。朝起きると関白藤原師実（一〇四二—一一〇一、時の関白でのちの太政大臣。藤原頼道の第三子）が枕元に立った。

「おまえは誰だ。何か大切なものを持っているなら、見せてほしい。私は娘の病の平癒のため、参籠した。夢のお告げで、舎人に寝ている童がよい守り本尊を持っている。それを拝めという。身の上を明かし、守り本尊を貸してほしい」

厨子王は、「陸奥掾正氏の子であり、父を訪ねて京に上りました、母と姉は人買いにとられ、私一人京に来ました」といって、守り本尊を差し出した。藤原師実はこれをみて、尊い放光王地蔵菩薩の金蔵で、百済から渡ったものを高見王が持仏になすったものだと恭しく拝み、娘の病の平癒を願うと、不思議に娘は回復した。彼は大変喜んだ。そしてこれを持っているからには、お前は間違いなく平正氏の嫡子であるとして、自分の家の客とし、僧形の彼を還俗させた。調べてみると、正氏は流刑地で死亡したことがわかったので、関白は逗子王を平正道として元服させた。

正道はやがて丹後の国司に任命されて赴任した。国司になった平正道は、まず姉の弔いをし、旅の途中お世話になった恩人たちに手厚い礼をするとともに、丹後での人買いを禁止した。そして自ら佐渡におもむき、母を探した。すると、ぼろを着た老女が、「安寿こいしや　ほうやれほ　厨子王恋しや　ほうやれほ　鳥も生あるものなれば　疾う疾う逃げよ　追わずとも」と繰り返しつぶやく声を聴いた。母親と気づき、涙の親子の再会を果たしたという物語である。

同時代の書『御伽草子』にも大津の浦で騙された姫君と若宮が陸奥へ売られる話があり、古浄瑠璃にもいくつかの誘拐事件が載せられている。人さらいはまれではなかったようである。

室町時代にも『閑吟集』という書の中に、「人買い船は沖をこぐ　とても売らるる身を　ただ静かに漕げよ　船頭殿」とある。人買い船は琵琶湖を航行していたという。人買い船といえば、戦国時代に来た外国人が日本人の子女を東南アジアに売っていたという記録がある。徳川幕府は人買いを禁止したが、それでもひそかに続いていたらしい。ジャガタラお春など、いろいろな話が残っている。

斉藤研一は、『子どもの中世史』の「働く子ども―売買される子ども」の章で、鎌倉時代の讃岐の国で、子息放券文（売り渡し契約状）という文書を紹介している。一二三〇年（元徳二）である。この券文の中で、子を売る理由として、飢餓のため、子の身命助けんため、とある。食べさせるものがないので、子に食を得させるため売ったという。売り値は五〇〇文であった。買い主は平地大隅という少領主化した階層で、将来の労働力として買ったようである。

斉藤はまた、当時の人身売買関係文書の一覧を載せている。一二三一年（寛喜三）から約二〇〇年間に二十件、三五〇年間に三十一件記載がある。大人が自分自身を処分（売る）契約書もある。命を売ったわけである。子供は将来性をかったのであろうが、普通は、すぐに働かせて稼がせたようである。年少者の仕事には、男子は牧童、草刈りなど農業の手伝い、物の運搬など、女子は、菜つみ、養蚕の桑の葉つみ、水汲みなどで、楽な仕事ではなかった。

子が親のため身を売る話も出ている。近衛天皇の時代、一一四三年（康治二）、長谷寺に参籠した夫婦が子宝を授かり、お寺から観音経をいただいた。大事に育てた娘は賢い子であった。家が貧困になった九歳の時、家を助けるため、自ら身売りして両親を助けた。娘は観音経を身に着け、人買船に乗せられた。しかし買主に届けられる途中、嵐で船が難破、ほとんどが溺死したが、観音経の入った葛籠につかまった娘は助かり、父と再会する。葛籠には人買いの財宝も入っていたが、その所有権を認められ、親子とも豊かになって幸せに暮したという。観音様のご利益という落としがついている。その後も人買いの風習は長く続いていたようである。その背景には貧しさがあったのはいうまでもない。

「子とろ　子ちろ」遊び　「子買を　子買を」遊び

「子とろ　子とろ」という遊びは、大勢で動き回るので人気があったようである。歌詞はいろいろある。一八二〇年（文政三）に出された僧、釈行智の歌謡集『童謡古謡』には、「子とろ　子とろ　どの子がめずき　あとの子がめずき　さ　とって見やれ」とある。

「めずき」とは目付きであり、目に付いた、見つけたという意味である。この遊びは、先頭に立った年長児のあとに多くの子供が一列につながっている。鬼となった子が、両手を拡げて立ちふさがる先頭の子をかわして、後ろの目的の子に触ろうとする。鬼が近づくと、子らも蛇行して逃げるが、すばしっこい鬼は先頭をかわし、子を捕まえる。ここで遊戯は終わり、鬼が交代する。子らは捕まるのが怖くて逃げ回るが、縦に繋がっているので、思うようにはいかない。小さい子には怖い遊びであった。怖いけれども、一緒に遊びたいという子らの願望もあった。

この遊びは仏教から由来したとの話がある。昔は生まれた子の大部分は幼少時に死亡するので、親は大変心配した。また、亡くなれば極楽へ行ってほしいと切に願った。死亡した子供は賽の河原で、「一つ積んでは母のため、一つ積んでは父のため」と唄いながら石積をするが、すぐ崩され、泣き泣き繰り返すのである。そのうちに鬼がきて連れ去られる。考えても痛ましい風景で親には耐えられない。しかし賽の河原には慈悲深い地蔵様がおられ、錫杖を手に、れんげ座の上で、額の目から慈悲の光を放って、奪魂鬼や奪性鬼から子を守るという。子らは地蔵様の後ろでかくれているわけである。

昔話には、自分が産んだ子供の体が弱く、心配で夜も眠れない母親がいた。ある夜、この地蔵様の夢をみてから救いがあると安心し、眠れるようになった。以降地蔵様に深い信心を捧げるようになり、礼拝を続け、子供は丈夫に育った。それを聞いて多くの母親が信ずるようになったとある（弘化年間）（くもん子ども研究所『浮世絵に見る江戸の子どもたち』）。こうした仏教話が、スリルのある楽しい子供の遊びに変わったともいう。

現在の遊びに似た「子とろ遊び」は、地獄に落ちた罪人を獄卒の鬼から守るという遊びから来たとの話もある。一人が鬼、残りの多くの子供は一列に並び、先頭の子が、鬼が立ちはだかって後ろの子を捕まえるのを阻む遊びである。

この時の掛け声が、「トリチュフ　トリチフ　魚籠　比丘尼　優婆塞　優婆夷」といったようで、それが「トリチフ　チリチフ」と変わり、後世に「こをとろ　こをとろ」となったという。尾張には「どふじょうじ　どふじょうじ　すってんからから　道成寺」という遊び唄があるが、これも同じ遊びである。道成寺とどんな関係があったのであろうか。わからない。

子の売買についての遊びの記録も残っている。一八一四年（文化十一）からの文政年間に出た「諸国風俗問状答書」には、「子売ろ　子売ろ」とか、「子買う　子買う」という唄がある。一八四四年（天保十五）の『幼稚遊昔雛形』（万亭応賀ら）には、「子かほ　子かほ」。一八五三年（嘉永六）の喜田川守貞の『守貞漫稿』には、京都で「子とろ」の唄があり、「こまどり」とか、「雀の子どり」という唄として残っているという。子供がほしい人にもらわれた子もいるが、大部分は奴隷のようにして使う人に売られたようである。

万亭時代の唄は、「子かほ　子かほ　どの子がみつき　ちょとみちゃ　なかの子　な

んでまま食わす　ととで　まんま食わしょ　小骨がたあつ　かんでくわしょ　つばきがつうく　干してくわしょ　てんと虫がたかる」という歌詞が出ている。子供を売買する唄である。

値段の交渉も唄にある。「一もんめ　いやや　二もんめ　いやや　……　十もんめいやや　……　負けぬゆえかえります　子どもに問うて　しり給うべし」とある。

その他、「子になにしんじょ　砂糖にまんじゅ　それはむしばの大毒　とどまましんじょ　ととままには骨がある……」とある。大阪では「いんでなにくわす　カマボコ三切れ　のどに骨が立つ　毛抜きでぬいてやる　痛い　おまんじゅうの皮でなでてやるかいい……」という唄もある。

当時のかまぼこには骨が混じっていたようである。値段を上げ下げし、子供が納得するるか、子の歓心を買うため、高価な魚を食べさすとか、カマボコをえさにしている。遊びの唄ながら、子供に拒否する権利があるように見えるのも興味深い。すべて大人のままにならぬことを示唆するからである。

貧しい家庭には、食糧が十分でないので、食べ物の話が多い。どんな栄養状態であったであろう。生活環境も不潔であり、幼少時から働かねばならなかった。売る前に捨てた子も多かった。徳川時代は比較的安定した時代であったが、捨て子は絶えなかった。井原西鶴の有名な『世間胸算用』や『西鶴織留』にも乳飲み子の育て方に悩む話や、大名屋敷前に子を捨てる話が出ている。珍しい話ではなかった。もっとも、元禄時代に出された「生類憐み」の法令には、捨て子禁止が入っており、捨て子が激減したとある(『子どもの中世史』)。この法令は短期間で廃止になった。捨て子はまた続き、子売り、子買いもなくならなかった。

江戸時代の半ば、十八世紀は小氷河期といわれるくらい気候が悪く、数年に一度はひどい飢饉に見舞われ、特に食べ物が入手できなくなった時期がある。親が子を手放す話もまれではなかったとある(渡邊大門『人身売買・奴隷・拉致の日本史』)。幕府の政策はどうなっていたのであろうか。

ちなみに外国では現在でも人さらいはまれではないので、親は年中警戒をしている。犯人には厳罰が待っているが、お金もうけのための犯罪はなくならないという。それもあってか、欧米では、子供の養育にはかなりの神経を使っている。一九八〇年代にジュネーブへ引っ越してきた米人夫妻や日本人夫妻が、ここなら安心して子供を育てることができるといっているのを聞いて、誘拐を思い出した。ブラジルでも同様で、保育園、小学校の警備は信じられないくらい厳重である。世界的にも子供の誘拐は変わらざる大問題と考えた方がよい。

花いちもんめ

明治時代から流行し、現在も広く知られているわらべ唄に「花いちもんめ」がある。

「ふるさとまとめて　花いちもんめ　たんす長持ち　あの子が欲しい　あの子じゃわからん　この子が欲しい　この子じゃわからん　Aチャンが欲しい花いちもんめ　勝ってうれしい花一匁　負けて悔しい花一匁」である。

そのあとに、「Aチャン連れてかえって何喰わす　「天から降ってきた　焼きまんじゅう」　それはあんまりもったいない　「便所の端のグミ食わす」　それはあんまりこえ臭い「こんこに　茶づけ」　そんならよかろう」という唄が付け加えられる。

あとの歌詞は地域でいろいろ変わってくる。来てもらう子に、来てくれたらいいものを食べさすという、子がほしい買い手の側の甘言である。渡すまいとする側は、いろいろ難癖をつける。こうした応酬がおもしろい。子買うという直接の意味はあいまいになっているが、明らかに子買の唄であり、それを歌って子供らは遊んだのである。

遊戯は二組に分かれ、それぞれの組で手をつないで対峙する。唄に合わせて三歩進み、唄の区切りで足をピョンと前に出す。その後三歩戻り、それを繰り返す。指名された子供は中央に出て、両方から引っ張られる。強く引っ張る方が勝ち。あるいは、代表がじゃんけんして、勝ち負けを決めることもある。負けると子供は相手に渡される。この唄は一九〇九年（明治四十二）の『日本民謡大全』には出ていない。明治の後半にはまだ広がっていなかったのだろうか。

合田道人はその著書の中で、この唄は関東の佐倉から印旛沼、手賀沼あたりの田園地帯から発祥したらしく、大正時代、日本の鉄道網の整備につれ、全国に広まったらしいとしている。この広がり方もさらに検討が必要と思っている。

さて、合田は「ふるさと求めて」は、「ふるさとまとめて」であったという。まとめるとは捨てることである。花は子供の買い取り代金である。貧困だった農山村の子女は、食べるものも乏しく、少しでも良い暮らしをした方がよいと判断、口減らしも大事で、親が子を手放したという。勝ってうれしいとは、「買って」ととれる。負けるというのは値段を減らされることで、値切られて子を手放す親は「悔しい」としている。この解釈が確かかどうかわからないが、否定できない解釈である。親子とも無残な社会体制に生きていたわけである。

なお、匁とは小判一枚の六十分の一であり、極めて安い単価である。この匁という単位は昭和時代の初期まで一般に使われていた。女の子が歌って楽しんだ花いちもんめが、子買いの唄とは驚かれる方も少なくないだろう。筆者も胸を突かれた。花いちもんめが「子とろ　子とろ」「子買を　子買を」の代替えであったからである。

6　手毬唄をめぐって

わらべ唄のうち最も数が多いのは、鞠つき唄である。『日本民謡大全』には三万余の童謡・俗唄が載せられているが、もっとも多いのが手毬唄であった。ほかの文献でも毬つき唄が非常に多い。手毬やお手玉遊びには、唄があった方が調子をとるによいからであろう。

鞠つき唄の歌詞はわかりやすいものが多いので、ここに取り上げる必要はないが、子供の遊びでは大きな位置を占めるので、手毬唄の歴史をのぞいてみた。わらべ唄の謎に迫る証拠はないかとの思いもあった。

蹴鞠、毬あそび、手毬、打鞠・ぎっちょう

てまり遊びは蹴鞠から始まったようである。蹴鞠は平安貴族の男の遊びで、毬を蹴上げて、落とさぬように次々と蹴り上げて遊ぶ。技が必要で、それを競う競技も争われたのである。中国からの由来である。鞠は頑丈な革でできていたので、このマリの字は、革偏である。

その後、手毬遊びが始まった。毛糸を巻きこんだので毛編の毬である。これは、女だけではなく男も交えた遊びであった。籔田義雄によると、手毬遊びは戸外の遊びであったが、のちに女子が室内でするようになり、ひろがった。弾みにくいので、室内でたち膝をして毬を上に突いていたという。もちろん下について遊ぶこともできた。このころの毬は、綿を芯とし、はじめに麻糸を巻いていた。その後、木綿糸を染め、彩糸（色で染めた糸）でその上を纏いかがってつくった飾り毬である。美しいもので女性には楽しい遊びであった。後年、さらにその芯にこんにゃく玉を入れて弾みがつくようにしたという。

江戸時代の作家、山東京伝は、鎌倉時代の『吾妻鑑』に、一二一三年（貞応二）、源

頼経（六歳）が正月と四月に手毬で遊んだことが書かれているという。古い遊びであったと思われる。毬の種類は書いてない。『弁内侍日記』（一二四七年〔宝治元〕）には御所で手毬の遊びがあると書かれ、『増鏡』にも後深草院が幼児期、女房の中に混じり手毬をされたとある。やがて、庶民にもこの遊び広がった。誰でもでき、楽しく練習すればかなり高度のことができるからである（小野恭靖『子ども歌を学ぶ人のために』）。

なお、まり遊びは、投げる…浜投げ、突き上げる、まりつき…揚げまり、打ち遊び…打毬、ぎっちょう、浜投げなど、いろいろな遊びがあり、皆がわざを競い合ったという。お手玉遊びも、かなり古い時代から記録があると右田伊佐雄は『子守と子守唄―その民俗・音楽』で言っている。うち遊び、毬杖《ギッチョウ》は、長い柄のついた槌で、木でできた鞠を打ち合う遊びという。ホッケーの前身である。（『年中行事絵巻』、酒井欣『日本遊戯史』）。「浜投げ」は、わらでつくったなべ敷きのような輪をなげて、弓矢で射る遊びであり、揚げまりというのは、あまり弾まない毬をお手玉のようにして遊んだという。

毬つき唄

蹴鞠は精神を集中せねばならないので、唄は不要である。しかし、手毬やお手玉のように、個人がゆっくり、繰り返し、同じしぐさをして遊ぶのには唄があった方が都合がよい。唄とともにつくのは楽しい。心に余裕があり、数をかぞえたり、物語を歌ったりして、調子をつけてつくのである。周りでみているものも共に歌いながら鞠つきを楽しむのである。それもあり、手毬唄は非常にたくさんできている。

題材が女子供にわかりやすい日常生活からつくられた。生活は地域で異なるので、唄の内容も異なっている。種類も多くて、おもしろい。毬はだんだん美しいデザインのものに変わり、見るだけでも楽しいものになった。ただし、初めのころは、手毬はあまり弾まなかったので、室内で立ち膝をして、女子は振袖を左手で抑え、右手で毬を上に突いたとある。

上手になると、唄に合わせて繰り返し、繰り返し、長時間続ける人が出てきた。唄も長い唄が必要となり、数え歌形式から物語形式までいろいろつくられた。明治・大正の童謡・民謡集はどれも多くの唄が採録されている。数え唄は子供が数を覚えるのにも都合がよかったと思う。暦の正月から師走までの十二カ月の風俗習慣、天候などが歌いこまれ、四季とりどりの情景や、祭りや冠婚葬祭、社会的行事が織り込まれていた。子供の教育に有用であった。

その他、名所旧跡紹介、名物紹介、学習のほか、芝居の忠臣蔵などのさわりを集めたもの、世を驚かした恋愛事件なども物語にされ、聞いていても楽しく、教訓にもなった。唄は地域によって異なるのは当然である。少しばかり例を挙げる。

数え唄としては、江戸時代、大祇（十八世紀の作家）は「口馴れて　百や孫子の　手毬唄」と歌い、百あったことを示唆している。『守貞漫画』には「一つとや　ひとよあくれば　にぎやかに　かあざりたてたる松飾　まつかざり　まつかざり」で始まる唄がある。正月にはもってこいの遊びであったからである。山東京伝は、ヒフミヨ（一二三四）という数え言葉があるが、これは古き世からのものが、てまり唄に残ったものだといっている。

愛知県の毬つき数え唄で目に付いた二～三を紹介する。

「一番始めは一宮　二は日光の東照宮（中禅寺）　三また佐倉の宗五郎　四はまた信濃の善光寺　五つ出雲の大社　六つ村々鎮守様　七つ成田の不動様　八つ八幡の八幡宮（大和の法隆寺）　九つ高野の弘法様　十で東京博覧会（東京本願寺）」である。

地域で多少取り上げる名所旧跡が異なる。私は子供のころこの唄を歌いながら、佐倉や、八幡はどこか、東京の本願寺がなぜ選ばれたかがわからなかった。後年、千葉の佐倉を訪れて宗五郎の史跡を見つけたが、宗五郎は芝居での義賊で、実在しなかったと聞いてがっかりした。八幡は京都の岩清水八幡宮であり、源氏の発祥地とわかった。九州の宇佐ではなかった。しかし史書には宗五郎は実在したとあるが、「地蔵堂通夜物語」という芝居話だけが残っているという（『日本の歴史』14）。心願寺は本願寺ではないかと書かれてある。東京泉岳寺と歌ったともある。

なお、関東では一番初めは宇都宮、京都では三は讃岐の琴平さん、福井では六はところの氏神さんとある。この数え唄は調子がよく、鞠つきやお手玉ではしばしば聞かされたので、今でも暗唱できる。手毬やお手玉に唄がなければ、楽しみは半減するであろう。

江戸時代の岡崎のてまり唄（『尾張童遊集』）には、「坂だんだん上がってみれば　よい子　よい子が三人とおる　一によい子が糸屋の娘　二によい子が二の屋の娘　三によい子がさらさらやの娘　さらさら屋の娘は伊達者でござる　あぶらとろとろ　しんとろとろ　五尺丈長びら　びらかけて　扇であふひで　雪駄をはいて　木町かいどうを　しゃらしゃらと」ある。評判の美人娘をコンテストのように歌い上げる唄は全国各地にあり、娘の数が十人にのぼるものもある。当時のおしゃれ姿とゴシップらしい噂を唄にしているのも人気を集めた。

京都では、「ひぃ　ふう　みぃ　よ　四方の景色を春と眺めて　胸に鶯　ほうと囀る　明日は祇園の二間茶屋で　琴や三味線　はやし　てんてん　てまり唄　唄の中山　ちょ五に五十で　ちょ六　六　六　ちょ七　七　七　ちょ八　八　八　ちょ九に九十で　ちょっと百ついた」と歌った。京都の風情がうかがわれる。

その他よく知られている唄は、大黒様である。

「大黒様という人は　一に俵をふんまえて　二ににっこり笑うて　三に酒を造って　四に世の中良いように　五ついつでも　にこにこと　六つ無病息災に　七つ何事ないように　八つ屋敷を広めて　九つ小蔵をぶっ立てて　十で　とうとう福の神」

地域で多少言葉は変わるが、おめでたいのでよく歌われた。

「山寺のお和尚さんは　毬はけり足し毬はなし……」、「ぼんさんぼんさんどこゆくの……」もよく歌われた。「あんたがたどこさ　肥後さ　肥後どこさ　熊本さ……」はまりつき唄として江戸で歌われたとある。

「無花果　人参　山椒に　椎茸　牛蒡に　零余子《ムカゴ》　七草　初茸　キュウリに　冬瓜」

季節順ではないが、よく食べる野菜を順に歌ったもので、これも有名である。京都では、四は「紫蘇　牛蒡に零余子　七草　はじかみ　九年母に唐辛子」である。

教育もの、芝居関連の唄、有名な歴史話をもじったものなど多くあり、いずれも非常に長く、子供には覚えきれないほどであった。内容も大人向きであった。しかし、こうした伝統的な遊びは現在、まったく姿を消した。お目にかかることができないのだ。

私どもの知っているゴムまりは、明治の初めに輸入されたという。一八九〇年（明治二十三）には国産ゴムまりが売り出され、明治の終わりには安価になり、かなり出回ったとある。一九二一年（大正十）につくられた。西條八十の童謡詩に、「大毬　小毬」がある（『西條八十童謡全集』）。当時毬は高価なもので、店の目立つ場所に飾られていた。売れれば町の話題になると歌っている。西條八十の「まりと殿様」の童謡は一九二九年（昭和四）につくられ、大流行した。当時は、ゴムまりによる毬つき唄の最初のブームだったころと思われる。

ゴムの輸入高を見ると、大正時代に急増、日本でもタイヤ、靴、カッパ、男の子の小さいゴムまりなどが次々に売り出された。日本でも増産が始まり、外国へ輸出されるほどであった（中川鶴太郎『ゴム物語』）。

この頃から我が国全体の経済が改善し、食生活もよくなり始めていた。ゴムからきれいな手毬ができ、庭や校庭、さらには街角で鞠つきの子供たちの歌声がひびいた。座敷や、家の前の地面に向かい何十回もつき続ける子供をしばしば見かけるようにもなった。毎日できる遊びとなったのである。

昭和の初めは鞠つきあそびの時代ともいえよう。

【余話①】

李朝の子守唄、特に「ねんねこ　ねんねこ」について

本書四三ページの李朝の童話について、もう少し紹介したい。

李朝は一四一九年に始まったが、間もなく、楽聖パクヨンが高麗樂の復活を試みた。一四五七年には王が農歌を楽しんでいる。儒教が盛んで歌曲を排除する時代が続いたが、それでも多くの風刺的歌曲が残されている。秀吉の朝鮮侵略時も多くの唄がつくられ、また十八世紀初頭に歌集も出版されている。子守唄は全国的に多くあるという（金素雲訳編『朝鮮童謡選』、金奉鉉『朝鮮民謡史—庶民の心の唄』）。

以下はその一節であり、何時つくられたかの記載はない。

「ねんねこ　ねんねこ　ねんねしな　うちの赤ちゃん　よく眠る　寿命長寿の　本宗の子よ　金を積むとて　買えらりょか　銀でこの子を　買えらりょか……」（京畿道）

「ねんねん　おころり　玉の子よ　空の仙女の落とし子よ　眠るよい子の　お部屋にはワンワン仔犬　影みせぬ……」（慶南地方）

「眠れ眠れ　よく眠れ　泣かないで　はやく眠れや　うちの子供の　なく声は　家財田畑のあふれる声　よその子らの　泣く声は　年貢借金　耐えられぬ声」（済州島）

時代を見てみると、日本の戦国時代のころに相当する。朝鮮で上記の子守唄が歌われていたとすると、日本に伝えられてもよいわけである。「ねん　ねん」の唄が山陰地方に伝えられた。山陰へ入り、少しずつ歌詞を変えながら、各地に広まったのであろうか。

江戸前期の狂言伝書小舞に「ねんねこ　ねんねこ　ねんねこや」とある。一六〇〇年代である。

一七一三年（正徳三）の近松の浄瑠璃『天神記』には、「ねんねこせ　ねんねこせ　音せでおくれ　犬の子　犬の子　目だに覚めたら　背にきっと　背負ふて　ののへ参ろう参ろう」とある。一七〇四年（宝永元）の鳥取の書『筆のかす』には、「ねんねこ」の唄はない。一八二〇年（文政三）の釈行智の童謡集には、「ねんねん　ねんねこす　ねんねのおもりは　どこえいた……」とある。李朝の唄との関係がわかればおもしろい。

【余話②】

お手玉唄

お手玉は、鎌倉時代に、すでに流行していたという歴史のある遊びである。初めは小石だけで遊んだようであるが、やがて一寸五分（五センチメートル前後）の丸や四角の布袋に小石を入れて遊んだ。やがて中身は石に変わり大豆や小豆が入れられ、手掌への当たりがやわらかくなった。こうしたお手玉になると、いろいろな技が編み出された。遊びは、個人から集団となり、やがて対抗戦もできた。

お手玉を上に投げて落ちる前に、手前のお手玉を一つ拾い、それを繰り返す。歌い終わるまでこれを続け、うまく終了すると、相手に対して「一貫かした」という。相手が変わり、繰り返しの遊びを続け、早く得点を稼いだ方が勝ちとなる。唄は手毬唄と同様たくさんできている。よく歌われるものの一つに「おっさらい　おひとつ落としておっさらい　お二つ落としておっさらい　おミッツ落としておっさらい　お手しゃぎオッさらい　お手ばさみ落としてオッさらい　おつるん子　おつるん子　オッさらい　おひとおひだり　おっさらい」があった。歌詞はだんだん変わり現代的になり、ユーモラスなものも増えてきていた。お手玉遊びについても興味ある話が多くのこっている。

わらべ唄補遺――江戸時代の子供の唄

子供は昔、どんな唄を歌っていただろうかと関心を持っていたが、明治時代以前の記録は見つけにくかった。吉原健一郎らの『江戸東京年表』によれば、一七五三年（宝暦三）に、「大文字屋の大かぼちゃ」という童謡が流行ったとある。これがどんな唄か、どんな節回しかはわからない。当時の記事には、鈴虫や松虫が夜店で売られていた時代である。一七七一年（明和八）には、「向こう横丁のお稲荷さんへ一文上げて、さっと拝んで、おせん（美人）茶屋へ」の唄が流行り、谷中の稲荷へ参詣が増えたとある。これはわらべ唄がどうか、判断ができないが、子供も歌ったと想像される。

尾原道夫によると、一五七八年（天正六）の天正狂言本に「まん丸におりゃれ、十五夜の月のごとく」という唄があり、また、江戸初期の『狂言伝書古舞』には、「ねんねこねんねこ　ねんねこや」の歌詞がある。鳥取では『筆のかす』という本が一七〇四年（宝永元）、野間義学により編集されている。「イッチク　タッチク」「お月様何ぼ　一三　七つ」とか、「向こうの山にサルが三匹」「次郎よ　太郎よ」などで、これは子供の唄である。近松門左衛門の浄瑠璃本『天神記』（一七一三年〈正徳三〉）には「ねんねこせ」というセリフや、手毬唄がかかれてある。その後、西川祐信は『絵本西川東童』のなかで、「まり、羽子板、ひな祭り、ぞうりかくし」などの唄について記述している。子供向けの絵本や娯楽雑誌は一七四三年（寛保三）ころに出され始めたとある（『江戸東京年表』）。

これらは、江戸時代に子供の唄はあったという証拠である。一七九七年（寛政九）、太田全斎の『諺苑《げんえん》』という著書には、「チチイン　プイプイ」「チョウチョウトマレ　菘ノ葉《ナ》ニトマレ　菘ノ葉ガイヤナラ木ニトマレ」「カゴメ　カゴメ」「ねんねん　ころころ　こーころ」「ウサギ　ウサギなにみてはねる」「山の主は　おれ一人」「あんよは上手」「雪こんこん　霰こんこん」など、現在につながる歌詞が載せられている。徳川後期である。一八〇一年には子供芝居が流行り大入りだったとある。弥次喜多の東海道道中膝栗毛が出たころである。

一八二〇年（文政三）、僧の釈行智は童謡集『童謡古謡』を、また一八三一年（天保二）に『尾張童遊集』が名古屋からでている。町田嘉章らによれば、行智は集めたわらべ唄を、子守唄、鬼わたし、羽根突き唄、まり唄などに、また子守唄を、ねさせ唄、目覚め唄、あそばせ唄と、区分して載せており、この分類は極めて優れており、後世の分類の基礎をつくったという。この『童謡集』には、「ねんねん　ねんねこ」「お月様いくつ」「うさぎうさぎ」「イッチク　タッチク」「子とろ子とろ」「かごめ　かごめ」「あんよは上手」「ひいらいた　ひいらいた」「おおさむ　こさむ」など幼児向けの唄や、「向こう通るは……じゃないか」「お船はぎっちらこ」など、近世につながる歌詞がのせられている。

一八二三年（文政六）に刊行された『幼稚遊絵解噺』（後藤正速編）には、「つむりてんてん」「かいぐりかいぐり」「にぎにぎ」「ばあ、ばあ」などの幼児唄がのせられ、古い唄もこまめに集められている。幼児の唄も世に求められてきたのであろう。教育面では「怠けるな」「発言には気をつけよ」「昔からの教えを守れ」「ことこと、積み重ねることが重要」などと、教訓的な唄も増えている。唄を通しての教育は効果が大きいからである。一八三四年（天保五）には「あさりやなんとかなんとか」という童謡が流行った。

江戸も開府後約一五〇年経過すると生活も安定し、寺子屋教育が始まっており、子供の教育を重要視するようになっていた。いろいろな子供向けの本も出版されている。江戸は文字通り日本の中心となり、全国からの情報が集まったと思われる。情報は、早くから文化の栄えた西日本各地からのものが多く、唄も多く江戸へ伝えられたに違いない。前述した江戸っ子という言葉は一七七一年（明和八）の川柳に始まったという。

さて、わらべ唄の節回しはドレミ調ではなく、日本特有の呂律《ろりつ》調である。これは「あした天気になーれ」とか「子とろ、子とろ」「せっせのせ」「花いちもんめ」などの調子である。江戸時代の子供たちは、日ごろ聞きなれた長唄や、小唄、端唄の調子を覚え、それらの唄の一節、「淀の川瀬の水車　誰を待つやらくるくると」「恋の手習いついみならいて」とか「吉田とおれば二階から招く」など、訳もわからず口ずさんだともいわれる。明治時代の手毬唄などには、浄瑠璃、義太夫、長唄、小唄などの聞かせどころを数え歌形式としてできており、子供らが手毬唄、お手玉唄、として歌っていたようである。

つまり、江戸時代でも子供の唄は少なくなかったが、大部分の子供が共通して歌うような唄はなかったようである。吉川英治『宮本武蔵』の中で、武蔵を慕って旅についてゆく坊太郎という少年は、唄を知らないので麦笛を吹いて歩く場面がある。吉川も適当なわらべ唄を見つけられなかったのではないかと思っている。

【案内】

わらべ唄・童謡小史

昔のわらべ唄とその由来や意味を探ろうとしたが、記録はきわめて少なかった。しかし、江戸時代の様子もいくらかはわかり、明治以降の唱歌の成り立ちや、唱歌を通して明治以来の政治・社会・思想の推移も推察できたのは幸いであった。

わが国でも古代から、戦の歌、酒の歌、愛の歌、歌垣、祭り、踊り、仏教の唄や労働歌が多く伝えられており、唄なしの歴史はありえないこともわかった。

童謡は、古代では子供の唄ではなかった。表に出しにくい政治的・社会的事件を風刺によってそっと世間へ漏らすため、唄として世に広めたものを指していた。『日本書紀』には、蘇我入鹿が山背大兄王を暗殺したときに、「岩の上に　子猿米やく　米だにも　たげて通らせ　羚《かましし》のおじ」という風刺唄を童謡（わぎうた）として載せている。小猿は入鹿、かましし のおじは山背大兄王、米焼くは暗殺のことで、

「たけて通らせ」は避けられないということであるという。入鹿を間接的に非難した唄である。もっとも、この唄は藤原氏の家伝にあり、「入鹿に罪を擦り付ける」ための藤原氏のつくりごとともいわれている。入鹿は陰謀で殺されたというのが新しく問題になっているからである。「勝てば官軍」というように、勝ち残ったものが都合の良い歴史を書き残したわけである。

ただ、この「わぎうた」は万葉時代の記録からの現代訳で、それは間違っているとの朴炳殖の研究が出ており（『日本語の悲劇』）、別の解釈をせねばならないかもしれない。

『続日本紀』などにも天皇や王子の生死に関する重要な事件が、同様に「わぎうた」として残され、歴史の傍証として検討されている。近年の研究で新事実が明らかになると、当然歴史は書き換えられるわけである。振り返ってみると、平安時代は貴族政治であり、少数の身分の高い人々が労働することはなく、和歌や文学で楽しみ、その成果は現在でも高い評価を受けている。一方、多くの住民は奴隷同様の仕事をさせられ、貧困で、余裕がなく、文化とは程遠かった。しかし、彼らが歌ったという田植や祭り唄、労働や恋愛などの唄、それにざれ歌などの記録が残っている。少しは生活状態がうかがわれるわけである。「わぎうた」について、ごく一部の人が歌わされたかもしれない。

明治になって出版された、高野辰之の『日本歌謡史』には、上古からのいくつかの庶民の唄も紹介している。鎌倉、室町時代になると一般民衆の力も強くなり、仏教の唄（声明や念仏歌）が民間で歌われている。さらに庶民の力が強くなった室町、戦国時代では、芸術化した能・狂言、浄瑠璃などをよりわかりやすくした唄が流行り、戦国末期には河原歌舞伎として、おもしろおかしく歌い上げる庶民の唄が登場してくる。やがて改良され、よく響く三味線が普及して、庶民の唄として長唄、浄瑠璃（一中節、常磐津、新内など）が普及し、時代とともに変化しながら流行した。江戸後期には端唄、民謡も現れ、全国どこでも聞かれるようになったなど、詳細に記述されている。高野は小学校唱歌をつくり、編集した人物でもある。

当時のわが国の歌の調べは呂律《ろりつ》調であり、西洋音階とはまったく異なっていた。江戸時代の歌詞は、色ごとや日常の事件、四季、祭りごと、それに日常の教訓が加わったものが多かった。一方の能や浄瑠璃のように芸術性の高い音曲も好まれた。こうした唄の調子のよい歌いやすいものの一部を子供がまねして歌い、やがて遊びや毬つきに取り入れられたようである。

戦国時代にはキリスト教徒による賛美歌が輸入された。これは思っていたよりも広く全国的に歌われたようで、禁止後も長く影響を残し、宣教師たちの並々ならぬ能力に感心するばかりである。経済的に豊かになった江戸中期には、寺子屋教育も漸次普及し、子供の遊ぶ時間も増え、多くの遊戯歌が集められた。

藤田圭雄によると、童謡という言葉が子供の唄の意味に使われたのは江戸時代であり、僧行智編の『童謡古謡集』をあげている。以後でもこの用語は一般的に使われてはいない。明治時代もあまり使われず、大正時代に入り「子供のための芸術的な歌」を童謡とした「青い鳥」（鈴木三重吉編）から広まったという。子供の唄の社会的重要性が認識され始めたと思われる。

子供の遊び唄について、藤田は、「古い子どもの唄は姿も声も、痕跡も残っていない」と書いている。私も機会を見て江戸時代の子供の唄を探したが、これはという記述には行き当たらなかった。しかし、前述のように、視点を変えれば江戸時代でもやはり子供の唄はあったわけである。

外国ではマザーグースが有名である。これは昔からの楽しい唄が集められているが、いくつかは特異な事件が子供の唄にされて伝わっている。また、強いものは勝ち、弱者は智恵でしのぐ、努力しなければ落伍するなど、教訓的な内容も少なくない。しかし勧善懲悪という唄は少ないのも特徴のように思われる。人生の駆け引き、ずるさ、不公平、残酷さも、ユーモラスな表現で歌っているのも、欧米の特徴のように感じた。この欧米でも子供の唄に関心がもたれるようになったのは、十九世紀からのようである。

なお、わが国では、童謡についての出版物は一九五〇年代より数多く出版されたが、特に一九九〇年代から本格的な研究的な書が増加している。児童教育における童謡の重要さが再認識されたことと、子供の唄の内容が、小説やテレビドラマにそれとなく取り上げられ、問題になったことも影響がある。まだ、社会的関心を集めだしてから一世紀にみたないので、今後の新しい発見が期待される。

【参考】

各種の文献の手短な紹介

すでに紹介したが、日本歌謡史の権威である高野辰之の『日本歌謡史』を繰ってみると、古代からの歌謡や歌垣、舞楽、神楽、田歌、催馬楽などの遊園歌謡、仏会歌謡、平曲、田楽、猿楽、能楽、それに戦国時代からの各種邦楽、浄瑠璃、歌舞伎歌、長唄、端唄、流行歌はくわしく紹介されている。「わらべ唄」の項はなかったが、江戸時代には、手毬唄、子守唄、労作唄、遊戯唄として区分されていた。一九五八年（昭和三十三）に志田延義が『日本歌謡圏史』を至文堂から発刊している。『万葉集』以降のわが国の各種歌曲を解説されているが、「わらべ唄」の記述はない。町田嘉章らは戦後、「わらべ唄」の諸文献をまとめて、「遊戯唄（手毬唄、お手玉・羽子突き唄：玩具を使う）」「子守唄」「天文気象の唄（月、風邪、雨、雪、霰、夕焼けなど）」「動植物に関する唄（雀、蝸牛、蛍、トンボ、鳥、桃、グミなど）」「歳時唄（正月、七草、鳥追い、彼岸、盆など年中行事）」「遊戯唄（縄跳、かくれんぼ、子取り、鬼遊び、手合わせなど集合遊戯）」「囃し唄（種々の社会行事へのはやし言葉など）」に分類し、詳しく紹介している。

明治時代は「わらべ唄」として分類されるより民謡として一括して取り扱われ、その中に子供の唄が含まれている。明治時代後半、美術、音楽ばかりでなく、民謡、わらべ唄にも関心を持つ人々が、資料の収集と出版を始めた。前田林外『日本民謡全集』（本郷書院、一九〇七年）、童謡研究会編『日本民謡大全』（春陽堂、一九〇九年）、朝倉無声『近世文芸草書俚謡』第十一（国書刊行会、一九一二年）などである。民間で愛唱され、文化遺産として保存、継承されるべき伝統民謡を残そうとしたのである。

偶然の機会に神田の古書店でみつけた、春陽堂発刊の童謡研究会編の『日本民謡大全』を見てみよう。

明治時代には童謡研究会という組織が、多年にわたり全国を巡り、収録したわらべ唄を分類し、橋本繁が一九〇九年（明治四十二）に編纂、発刊したものである。序文は泉鏡花が執筆している。「これは童謡研究会が数十年かけた収録集した約三万の民謡、わらべ唄で、同種の書類のうち未曽有の大集合である」と絶賛した。ここでは分類として、「天気天象」「歳時」「労作」「手毬唄」「子守唄」「遊戯唄」及び「雑謡」に区分し、収録地ごとにまとめている。地域は全国を畿内、八海道に区分、東京、京都、大阪は別に取り扱った。

いわゆる童謡民謡というのは、数十年、数百年来、父老口授・相伝のものであり、また一郷一村で歌詞に多少の変化があり、方言も加わるが、そのまま記録したとある。盆踊りは近年衰微しているが、盆踊り唄は土俗を語るものであり、重要としてここに含めたとある。「手毬唄」「子守唄」「遊戯唄」などは数多く収録されており、地域別に分類している。ただ似たものが多くあったが、異同があれば独立のものとして記録してある。編者は、「ここではほとんど全国の童謡を集めたが、なお遺漏もあると思われ、他日に補足したい」といっている。他の文献として、先に紹介した前田林月編『日本民謡全集』があるが、入手できなかった。大正時代に入るといくつかの民謡集が各地で出版されているが、全国的に収集・編集されたものは少ない。

さて、前記、『日本民謡大全』は、十数年にわたり約三万篇を集めており、この内容は疫学的にみても分析に値すると思った。最も調査方法が記載されてないので、資料の均質性に問題がないわけではないが、貴重な資料である。約三万種の歌詞を地理的に分類、列挙している。

まず、わが国の中心地である東京、京都、大阪地域で収録したわらべ唄を巻頭にのせ、ついで畿内（山城国、大和国、河内国、和泉国、摂津国）、東海道（伊賀国、伊勢国、志摩国、尾張国、三河国、遠江国、駿河国、甲斐国、伊豆国、相模国、武蔵国、安房国、上総国、下総国、常陸国）、東山道（近江国、美濃国、飛騨国、信濃国、上野国、下野国、磐城国、岩代国、羽前国、羽後国、陸前国、陸中国、陸奥国）、北陸道（若狭国、越前国、加賀国、能登国、越中国、越後国、佐渡国）、北海道（渡島国、後志国、石狩国、十勝国、釧路国）、山陰道（丹波国、丹後国、但馬国、因幡国、伯耆国、出雲国、石見国、隠岐国）、三陽道（播磨国、美作国、備前国、備中国、備後国、安芸国、周防国、長門国）、南海道（紀伊国、淡路国、阿波国、讃岐国、伊予国、土佐国）、西海道（筑前国、筑後国、豊前国、豊後国、肥前国、肥後国、日向国、大隅国、薩摩国、壱岐国、対馬国）という江戸時代の行政区分で、大動脈的な交通路ごとにまとめてある。なお、琉球、台湾、韓国の調査ものせている。現在の都道府県よりもさらに細かく、地域交流の密接性を示すのに、より実情に合った区分と思われる。この『民謡大全』には新しい文部省唱歌は一つも入っていない。

日本の中心地である東京地区についてみる。一八六八年に東京が日本の中心となったが、全国からの移住者が多かったので、各地からの唄が流れ込み、広がっていったと思われる。したがって唄の収録数が多い。種類別にみると、手毬唄が最も多い。長い歌詞も短い歌詞の歌もとみに多く、五百字に及ぶものもあった。合計四二五の歌詞が一四ページにわたり記録されている。次に手玉唄（お手玉）、羽子突き唄が多い。手毬唄とお手玉唄は重複する唄がある。

なお、上記の歌詞は子供のために特につくられたというより、昔話、浄瑠璃、長唄、小唄、端唄、芝居のセリフなどから選び出された短い言葉を唄にしたものが多い。大人が口ずさんでいたものを、子供の唄にしたように見える。ただ、内容は子供の唄ではなく、恋愛、結婚、家庭生活関連のものが多く、炊飯、飲食、商売、仕事、遊びから花見、舟遊び、季節の行事、花見、野遊び情景など多岐にわたる。仏事、薬師、弁天、神祇関連も少なくない。数え唄形式も少なくない。全国的に同様の傾向があった。歌詞の内容は現在の「わらべ唄」とは質的にかなり異なるが、歌詞を通して子供たちに人生とは何かを教える狙いもあったように思われる。前述したように内容では子供もわけがわからずに歌ったのであろう。

東京では「子守唄」は八つ収録されており、数は多くなかった。次に「天気気象唄」、「動植物の唄」がかなり多く載せられている。前者は月、星、雨雪、風、夕焼けなど、後者は鳥、うさぎ、猫、ねずみ、猿、馬、昆虫、各種果物、桃、栗、柿、ゆず、きんかん、梅などを歌い、子供にもわかりやすい内容である。「歳時記唄」

は、「正月」や「ひな祭り」、「稲荷講」、「天王様」、「お神輿」、「大晦日」などで、季節や世間の風習を覚えさせようとしたのであろう。忘れやすい大人にも必要であったかもしれない。「盆唄」もあり、土地柄の唄もあったが、なんとなくユーモラスなものもあった。これらの唄には数え唄として、関連した事項を歌っているが、子供に数を覚えさせる狙いも感じさせる。さすがに遊戯唄は多く、「鬼ごっこ」「かごめ　かごめ」「開いた　開いた」「お山の大将俺ひとり」「子とろ　子とろ」「芋虫ごろごろ」「ずいずいずっころばし」「いっちく　たっちく」「ここはどこの細道だ」「坊さん　坊さん」など、現在にも伝えられている遊戯の唄が収録されていた。

京都で収録された唄はなぜか数少なかった。歴史のある古い町であり、意外であった。東京に都が移り、さびれていたのであろうか。関心を持つ人が少なかったのであろうか。「歳時唄」に特徴があり、古い歴史話を歌った唄が少なくない。蓮如上人の子守唄があるが、京の町々の名、名物、食べ物などの紹介、次いで、町を出歩く女性の振る舞いや、神仏への布施など、つぶやくような言葉が多く、これで子供が寝入ったかどうか不思議である。西陣織の唄が四つ収録されていた。

大阪地区は東京と似て数多くの唄が収録されていた。「手毬唄」は六ページにわたり数が多く、内容も東京とは少し異なっていた。「子守唄」は五種で、子守は楽そうで辛いとある。「労作唄」には、「女工の唄」が十七も記載されており、当時の事情を反映していた。子買の唄があり、雑謡としては、唐人風の菓子売り、安楽坊、雷おこし、唐米、おんごく、げんこつ、トッテレトン、まねしまんない、などの特徴のある歌詞が並べられている。

街道別に、各地で収録された唄が載せられているが、内容は地域で質量ともに大きな差異があった。東京と類似した唄も少なくないが、それなりに地域の特性を示し、中央から伝わったとの形跡は多くなかった。収録数を見ると、伊勢国が最も多く、七七ページにわたり記述、次いで、信濃国の四三ページ、加賀の四一ページである。次いで、常陸国は一八ページ、上総、越後国は一六ページ、武蔵、岩代、越前国が一四〜一五ページで多かった。徳川の発祥の地、三河は、人口は少ないが一一ページの収録数があった。尾張は一〇ページもあった。東北や山陰は古い歴史があったが、江戸時代は人口も少なく、比較的貧しい地域であったことが関連しているかもしれない。伊勢国はお伊勢参りなど江戸後期から人の交流が多く、情報の伝達も早かったことはすでに述べた。加賀国は百万石で北陸の中心地で文化も栄えており、周辺の越前、越後は人口が多く、北前船など貿易と関係して、人の交流も多いためか、「わらべ唄」も多かった。信濃国は古くから交通の要であり、住民数も多く、善光寺参りも情報交換に一役かったかもしれない。上総、常陸国は東京に近く人の交流も多かった地域である。会津国も交通の要衝であり、藩政治の成功もあって江戸時代に栄えた地域であったことと唄の数は関連するかもしれない。

小学校唱歌のこと

小学校唱歌はどのようにしてできたか

文部省小学校唱歌も素晴らしいものが多い。私は老齢であるが、唱歌を歌うことが好きである。もう声はあまりでなくなったが、それでも歌えば楽しい。思い出が詰まっているからである。しかし、小学校唱歌がどうしてできたのかは考えたこともなかった。二十年くらい前、いろいろな人が唱歌について書いていることを知った。覗いてみると、唱歌成立には日本全体の社会情勢と密接に関連していることがわかり、興味を持って関連する本を買い求めてきた。唱歌をめぐる歴史的エピソードは、すでにいろいろ詳しく紹介されているので、いまさら素人がここに取り上げるのはどうかと思ったが、私が直接体験した時代と重なり、これまでの記述と少し違った観点もあるので、わが国の明治以来の発展の歴史を振り返るのにも参考になるかと思い、まとめることにした。すでに多くの書があり、重複も多いが、独自の見解も交えたので、ご批判を仰ぎたい。

1　明治時代の新学制——音楽教育：唱歌と奏楽

明治政府は、一八七二年（明治五）にいわゆる学制（下等小学校四年、上等小学校四年）を公布した。翌六年から小学校が全国一斉にスタートしたが、教科は国語、修身、算術、体操であり、それに、小学校には唱歌、中学校に奏楽が加えられた。ただし、音楽の教科は「当分これを欠く」つまり教えないという但し書きがあった。欧米の事情を知る政府関係者は、音楽教育が国民の素養を高めるのに重要だと判断していたが、西洋音楽を教えるのではなく、伝統的な音楽、つまり雅楽や箏曲を母体にすればと考えていたようである。

ところが、わが国では、教育を目的とした曲目や歌を選びだすことは難しいことがわかった。江戸時代のわらべ唄や、小唄や端唄などの調べや歌は、適切とされなかった。それに一部で演奏されていた雅楽や箏曲をそのまま教えることも適切ではなかった。小学校での音楽は清純で、素直で、明るく歌いながら教養を高める。これが西欧的な教養に近づく道と考えたからである。

そのうえ、音楽には楽器が必要であったが、西洋楽器は極めて乏しく、和楽器での教育には問題が多かった。加えて共通の教科書づくり、教員の養成も容易ではなかった。楽器を使うことが難しいので、とりあえずは声の音楽として成り立つ「唱歌」を中心にしようとしたようである。

一八七六年（明治九）十一月、東京女子師範学校（御茶ノ水女子大学の前身）付属幼稚園開業式のとき、西洋音楽を取り入れた保育唱歌が披露された。「冬の円居《まどい》」と「風車」である。ともに雅楽風の曲であった。次いで一八七八年（明治十一）十一月、京都女学校は「唱歌」を出版した。これは従来の地歌・箏曲の歌詞を教育用に変えたもので、伝統的な歌曲を中心にしている。一方、よい解決方法が見出せぬ政府は、教育者を外国に派遣して学校音楽はいかにあるべきかを探らせようとした。一八七五年（明治八）、文部省に移った元愛知師範学校長伊沢修二を米国の師範学校へ留学させた。

これらの経緯については、山東功、千葉優子、猪瀬直樹、渡辺裕らの著書に詳しく紹介されている。手短にまとめることは難しいが、概略は以下のようである。

伊沢修二と文部省唱歌の成立

伊沢修二は優れた教師であり、評判の高い校長であった。故郷の信州高遠藩では鼓手を務め、進軍曲も習得し、音楽は得意であった。しかし、米国へ行ってみると、学科と語学は習得できたが、音楽、特に歌は音階どおりに歌えなかった。西洋音楽と和楽とは音律がまったく異なっており、日本語の発声では、西洋の歌はうまく歌えなかったのである。困りきった彼は、ボストン市初等学校音楽教師監督のルーサー・メーソンについて個人的レッスンをうけた。大変な努力をして、ようやく発声法が習得できたという。

帰国した伊沢は東京師範学校長となり、音楽取調御用掛を兼務、懸案の小学生の音楽教育教本の作成にとりかかった。彼は以下の基本方針を決めた。

1 東西二洋の音楽を折衷して新曲をつくる

2 音楽界の人材養成をはかる

3 諸学校でこれらの音楽を教える

つまり、西洋音楽をそのまま取り入れるのではなく、和洋折衷とし、わが国特有の音楽教育体制（国楽）を創設しようとしたのである。しかし、現実は厳しかった。伊沢は一八八〇年（明治十三）、恩師のメーソンを文部省のお雇い教師として招聘し、数人の日本人和楽教師とともにチームで教科を練り、ようやく新しい教育音楽をつくり始めた。最初は二十二名の生徒を選び、和洋両方の音楽の研修後、全員で協議し、唱歌を創作した。一八八二年（明治十五）四月には、メーソンを中心に、三十三曲からなる小学校唱歌集第一集ができあがった。和洋混淆の曲であった。

その後、メーソンが帰国したので、当時日本海軍軍楽隊教師だったエッケルトを後任に選び、唱歌をつくり、二年目に第二集の十六曲、三年目に第三集の四十二曲ができあがった。曲は長調を多く選び、短調は三曲だけだった。初編の三十三曲の題名を見ると、「かおれ」「春山」「あがれ」「いわえ」「千代に」「墨田川」「大和撫子」「いろは歌」などで、大部分邦楽を基礎にした歌詞といわれる。「見わたせば」（これは、むすんで、ひらいてと改題された）「菊」（庭の千草と改題）など、長く歌い継がれたものもできあがっていた。このうちで「蝶々」は、野村秋足（愛知師範教員）の作で、愛知県では「胡蝶」という題で歌われていたものを改作したという。

唱歌の原曲は、邦楽のほか、スコットランドの曲などに、日本語で歌いやすい、元の歌詞とはまったく異なる詩をはめ込んだものである。原曲が讃美歌のものもあり、のちに問題になったものもあった。つまり、まず小学教育にふさわしい既存の曲（調べ）をえらび、歌いやすい歌詞を曲に合わせたものもつくった。この時、日本語の句数や語数が問題となり、語数は、三―三、五―七、七―五、六―六などの組み合わせが検討され、原則として七―五、つまり七五調が日本人に歌いやすいとして、これを基準にしたという。既存の曲ばかりでなく、新しく和洋折衷の曲も日本人によりつくられた。なお、スコットランドの民謡は、メロディが美しく、哀愁を帯びており、日本人の情感に合った調べであったので、期待通り、子供たちだけではなく、大人にも好まれ、長く歌い継がれた。

音階、発声法についても触れておこう。古来、日本人の歌、民謡も俗曲も呂律《ろりつ》音階に基づいてつくられ、日本人には歌い慣れた音階であった。しかし西洋音楽は、ドレミファソラシ音階でかなり異なり、特に、「ファ」と「シ」の発声が日本人にはうまく出せないことがわかった。それで、「ファとシ」を抜いた長音階で作曲する方針をとった。音階「ドレミファソラシ」は当時日本では「ヒフミヨイムナ（一、二、三、四、五、六、七）」と呼んでいた。「ファとシ」は「ヨとナ」に当たるので、「ヨナ抜き」音階と呼ばれた。好まれて歌い継がれたのは、「蛍の光」「庭の千草」「はとぽっぽ」「箱根八里」「茶摘」など、好まれて唄い継がれた唱歌は、すべてヨナ抜きである。ヨナ抜きにすると、日本の音曲に多かった二拍子に、多少節回しをつけた形になったので、歌いやすかったからという(千葉優子『ドレミを選んだ日本人』、小島美子『日本童謡音楽史』)。

伊沢は、歌詞、曲とも下品さを排除し、「雅」を基本とすることを強調して江戸末期の端唄や長唄などを排除したことはすでにのべた。唱歌は、子供の心(徳性)を涵養し、気分を和らげ、心を広くし、国を興す人材を養成するものでなければならない。歌詞は、気品があり、清純で、楽しく、心情あふれるものとし、曲も優雅で、心が弾む傾向を志向させた。政府はもともと素直で、公徳心にとみ、国に忠実な人材の養成を狙っていたので、反対はなかった。

一八八七年(明治二十)に来日したドイツ人教師ハウスクネヒトは、ドイツ人のヨハン・フリードリッヒ・ヘルバルト(一七七六―一八四一)の「教育に就いての思想」つまり国家の安寧と秩序は国民の道徳性育成によりもたらされるという原理を政府に進言し、政府はこの教育方針を受け入れた。唱歌についても、道徳重視に狙いを定めたのである。

このことは唱歌の行く手に大きな影響を及ぼした。音楽の内容も、修身から地理案内、鉄道唱歌、国体の礼賛、富国強兵、産業の振興、発明発見をたたえる歌など、次々につくられ、唱歌は他の教科の補助にも使われるようになったのである。

メーソンの去ったあと、エッケルトは、伊沢の要請もあり、より国楽の創設に協力し、小学校唱歌の編集に力を入れたが、音楽取調掛の若いスタッフとともに、日本の俗曲の改良に努力した。そして、一八八八年（明治二十一）には「箏曲集」をつくり、五線譜による和洋折衷の音楽集ができた。新しい国楽であったが、これは学校で使われることはなかったという。その理由はわからない。

すでに日本の国歌「君が代」はフェントンが作曲、皇室の行事で演奏されていたが、旋律が日本人になじまないというので、エッケルトが委員長になり、雅楽や陸軍の軍楽隊長の協力で編曲されたのが現在の「君が代」である。荘重であり、政府要人にも評価された。雅楽が大きな影響を持っていたことがわかる。もっとも、最近の考察によると（千葉優子）、最初のフェントンの曲は極めて素晴らしいもので、フェントンの力量が再評価されているという。

一八八七年（明治二十）、音楽取調掛は東京音楽学校に変わった。伊沢は初代校長となり、学校教育を通して音楽専門家の養成や唱歌の完成に努めるわけである。

学校での楽器

音楽教育に欠かせない楽器はどうだったのだろうか。初めはピアノと胡弓、ヴァイオリンが利用され、これにアコーデオンなどが加わった。もちろん和楽器も活用された。洋楽器は極めて不足しており、実際の教育は、歌を五線にのせた唱歌掛図をつくり、それを教室に掲げて唄を教えた。

一八八一年（明治十四）には、メーソンの持参したオルガン二台を買い上げ、壊れかかった一台は修理して使った。和楽器では、琴が多く使われ、十三弦の琴を二十一弦に改造し、ピアノ代わりにしたという。ヴァイオリンの代用に胡弓が改造され、使われた。メーソンは琴や胡弓は自分の音をつくり出すので、オルガンやピアノのように、常に同じ音が出る鍵盤楽器が教育には良いといって、アメリカから部品を取り寄せ、まずオルガンの組み立て方を指導したという。

千葉優子の年表によれば、一八八〇年（明治十三）、オルガンを西川寅吉が試作、松永定次郎はヴァイオリンを試作、一八八七年（明治二十）には名古屋の鈴木政吉がヴァイオリン試作を始めた。一九〇〇年（明治三十三）には鈴木政吉が名古屋にヴァイオリン工場をつくり、翌年にはマンドリン、ギターも発売している。一九〇七年（明治四十）には日米蓄音機製造株式会社（現コロムビア）が設立され、レコーディングが始まり、またハーモニカが市中で売られるようになり、音楽雑誌が発刊された。各種楽器は国産で賄われ始めたのである。

一八八七年（明治二十）以降には国内でいくつかの音楽演奏会があり、その内容を見ると、和楽器だけではなく、ピアノ、ヴァイオリンなどによる演奏会がしばしば開かれており、オペラも上演された。かなりの洋楽器の輸入がなければ、これらはできなかったように思われる。

一八八五年（明治十八）には小学校教師のためにオルガン演奏つき楽譜もでき、音楽教育は軌道に乗った。このころにはオルガンが各地域で購入できたのであろう。

一方、民間でも唱歌がつくられ、検定を受けて唱歌集を発刊した。音楽取調掛にいた納所弁次郎と東京音楽学校出身の田村虎蔵が幼年唱歌集を出した。「キンタロウ」「ウサギとカメ」「花咲かじい」など、日本の昔話に節がつけられており、幼児教育の普及とともに、爆発的な人気を呼んだという。伊沢は一八九二年（明治二十五）小学唱歌六冊を発行、一九〇一年（明治三十四）滝廉太郎、東くめは幼稚園唱歌を発行、伴奏付きであり、「お正月」「はとぽっぽ」など長く歌われた曲を載せた。修身唱歌、鉄道唱歌、人物唱歌がつくられ、これらは他の教科の補助として利用されたという。

こうして唱歌は小学校に定着することになった。伊沢の功績は極めて大きいのに、昭和生まれの私どもはその偉大さをまったく知らなかった。なお、唱歌の作者名の多くが公表されておらず、著作権という考えはなかった時代を反映している。

唱歌の制作、言文一致運動

これら唱歌歌詞は、はじめは明治時代の歌人や国文学者によってつくられたものが多く、美文であるが文語体であった。「蛍の光」「仰げば尊し」「庭の千草」「紀元節」などもそうである。難しい表現の歌詞であったが、子供たちはそれなりに意味を理解し、歌い続けていた。

一方、明治二十年代から、古風な和歌、漢詩から脱却し、新しい詩文をつくるとする新体詩派が唱歌も批判、明治三十年代には後述する言文一致運動が始まった。

なお、明治初期は、漢文、文語調、大和言葉、一般言葉などが混合して使われ、武士言葉、町人や百姓の日常会話のほか、地方固有の方言も混ざっていたが、それなりに通用していたようである。

日本語の文法はまだ西欧風にできあがっていなかったことが外国人に指摘され、明治政府は、全国民が使う標準語を決めた。文語調を廃止し、普通の人々が使っていた口語を「一般の言葉」として採用した。大学に専門講座を置き、日本語の文法を整え、日本語の体系を確立、普及させた。

明治中期から、当時の文豪二葉亭四迷、山田美妙らが「言文一致」、つまり普通に話す言葉と文章を同じにすべきであると唱え、文学を中心とした改革運動を進めた。これは音楽にも及んだ。日清、日露の二つの戦争に勝って、近代国家を目指すナショナリズムが台頭したのも唱歌にとって大きな転機となった。

童謡の登場——芸術性のある歌曲の創作

一方、子供には子供の言葉で、子供の生活感情にあった歌が必要であった。田村虎蔵、大和田建樹、石原和三郎らは、幼年唱歌、少年唱歌、尋常小学唱歌などをつくった。民間唱歌である。一九〇〇年（明治三十三）には「キンタロウ」「モモタロウ」「さるかに」「オオサムコサム」、一九〇一年（明治三十四）には、「花咲かじい」「おおえやま」、一九〇五年（明治三十八）には「一寸法師」「大こくさま」などがつくられた。昔話を唱歌に取り込んで、歌いやすいので人気があった。

東京音楽学出身の一部の人たちは、唱歌は気品が高いものでなければならぬと主張し、新たに尋常小学読本唱歌を一九一〇年（明治四十三）に編集した。以後四年をかけて尋常小学唱歌一年から六年までの全六冊を刊行した。国定教科書ではなかったが、文部省が推薦し、全国の小学校で教えさせた。当時すでに唱歌には検定制度があった。そして政府は民間検定の唱歌集を小学校で使わせないようにした。国家統制が始まっていたのである。当時の文部省唱歌には、「ツキ（でたでたつきが）」「こうま」「ふじの山」「春が来た」「虫の声」「田舎の四季」「水師営の会見」「われは海の子」などが入っている。

民間での童話、童謡集「赤い鳥」の発刊

日露戦争は勝利のうちに終わった。政府は子供たちに愛国心を涵養させるため、多くの軍歌をつくり、学校で歌わせることを考えたようである。明治末年から大正にかけ、「日本陸軍」「軍神橘中佐」「白虎隊」「戦友」「青葉の笛」などが、さらに「水師営の会見」「日の丸の旗」「牛若丸」「桃太郎」が教科書に載せられた。いずれも戦争や闘争に関係しており、愛国心の高揚や、立身出世、勧善懲罰を含んだ内容だった。政府は学校

教育を官製教育としてとらえ、愛国心の涵養と、政府に従順な生徒の育成を狙っていた。富国強兵政策を支えるためである。もっとも、情緒のある明るい歌として、「案山子」「紅葉」「茶摘」「村祭り」「春の小川」「鯉のぼり」なども加わっている。伝統的な庶民生活を歌った曲は、人々の心に浸み込み、長く歌い継がれた。

こうした官製の小学校唱歌だけでは偏りがあり、子供の情操教育にはならないとして、一九一八年（大正七）に鈴木三重吉は、「世間の小さな人たちのために、芸術として真価ある純粋な童話と童謡を創作する最初の運動をしたい」と唱え、月刊雑誌「赤い鳥」を発行し始めた。

当時の有名な作家、詩人四十名近くの賛同を得て執筆を依頼し、歌も必要だとして、作曲を山田耕筰、成田為三、近衛秀麿など有名人に依頼した。詩人の北原白秋は、当初は童謡に旋律をつけることは考えてもいなかったが、後に「……子供の純生を保全開発するために、現代一流の芸術家の真摯なる努力を集め、兼ねて若き子供のための創作家の出現を迎える。……」として、童謡作曲を要請した。

まず「あわて床屋」（北原白秋）が発表され、ついで、「かなりや」（西條八十）の詩に曲がつけられた。ともに、全国的に大評判になった。「あわて床屋」の作曲は石川養拙、

「かなりや」は成田為三である。西條八十は、「童謡は静かな情緒の謡により、高貴な幻想を世の子どもの胸に植えつけることであり、それは激しい生存競争の世の中でせめてもの緑地となろう。また、より大きな真の世界に導く機縁となるものを作ろう」と発言している。

「かなりや」は歌詞が大人向きであり、難しい芸術的な曲をつけられたが、世に受け入れられ、愛唱されることになった。歌詞が文学的で、調べはヨナ抜き長音階で、各説の旋律が同じでなく、テンポも違うなど、さまざまな工夫が凝らしてあった。唱歌よりもはるかに歌詞の雰囲気を音楽化しているので、人々はその新鮮さに衝撃を受けたであろうと千葉優子は書いている（『ドレミを選んだ日本人』）。続いて雑誌「金の船」が刊行され、童謡の発表の場が広がった。この雑誌は本居長世や野口雨情が中心となっていた。

民間では子供に対して芸術的な唄が盛んにつくられ始めた。

「雨」「揺籃のうた」「砂山」「からたちの花」「ペチカ」「あめふり」「靴がなる」「叱られて」「四丁目の犬」「七つの子」「十五夜お月さん」「しゃぼんだま」「あの町、この町」「めえめえ子山羊」「どんぐりころころ」「春よこい」「肩たたき」「背くらべ」（海野厚作詞）「夕焼け小焼け」「おもちゃのマーチ」（中村雨紅作詞）「赤とんぼ」（三木露風作詞）

などである。

昭和に入るとラジオが普及し、電波に乗って全国に流れた。またレコードが大量に売れたので、短期間で全国に広がったという。

国定教科書と政策教育

しかし、満州事変（一九三一年）以降、文部省は検定の唱歌以外は小学校で教えない方針をとった。「赤い鳥」の童謡は、私立幼稚園など特定施設以外では広く子供たちに伝わらなかった。敗戦後になって、こうした唄がどっと市場に出てきた。私も含め大部分の青少年はこれらの唄は戦後にできたものと思いこんでいた。

文部省の官製の唱歌教育を受けた私たちも、敗戦後に世に再登場した「赤い鳥」系統の唄に魅せられ、これが大正、昭和初期につくられたことは信じがたいほどであった。敗戦後はのびのびとした多様な唄が世に出回るようになった。

一方、邦楽を習う子供が激減し、衰退の一途をたどったが、一部の優れた演奏家によって、芸術性の高い曲が次々と創作され、後継者も現れた。それが敗戦後の邦楽の再発展につながったのである。

2 教養唱歌

修身唱歌と人物唱歌

教育学者である谷本富は著書『実用教育学及教授法』の中で、教育の目的は品性陶冶というヘルベルト主義を踏まえ、唱歌は唄を歌うことを通し、他人の心情を洞察し、自分の情感を他に伝えうる。したがって、他人の安否苦楽を喜感する心を持つこと、合同合唱は共同団結の志を強くし士気を鼓舞し、愛国心を喚起する効果がある、といっている。

この考えが広まり、徳目主義が唱歌に導入されていき、教育の補助科目となっていく。一九一一年(明治四十四)発行の日本唱歌(芳賀矢一作詞)は他教科の補助科目という性格をもっている。例として二十五連の歌詞があるが、その中の主要な七つを抜き書きすると以下のようである。

「わが日本の国体は　世界万国無きところ　遠き神代の昔より　君臣分は定まれり」

「山川すべて美しく　津々浦々の砂白し　清き景色に感《カマ》けてぞ　人の心のいさぎよさ」
「新文明を採り入れて　日に日に進む国運は　古今に比なく　いつも加わる新領土」
「郵便　電信　通信の　便利はいふも愚かしく　今は全国都会の地　長距離電話自在なり」
「生糸　羽二重　茶を始め　水産物は類多く　漆器陶器の数々も　皆国産の主要品」
「山村僻地行くところ　小学校の設《マウケ》あり　生まれて六歳　六年の　教育うけぬ子らもなし」
「この帝国に生まれ出て　この大御世に遭ひし身を　思えば嬉し御民われ　思えば嬉し御民われ」

政府の政策に沿ったものであり、その目的と成果を誇示し、国民は幸せであるとした自画自賛の宣伝唱歌である。これを通して国論の統一を図ろうとしたのであろうか。山東功はこうした音楽を利用した唱歌を、際物唱歌とよんでいる（『唱歌と国語』）。新政府がいかに新しい体制の確立を急いだかがわかる。

公徳心を養うことも政府には大事なことだった。世界の先進国と肩を並べるには国際的な公徳への心構えが必要としてつくられたもので、前記二十五連の歌の中には以下のものがある。

「人には長者と幼者あり　幼きものは年上の　人をうやまひたふとみて　老いをいたはり助けつつ　われより若く幼きを　あはれむことは人の道」
「鉄道馬車や汽車の中　込み合う場所の出入り口　先きなる人をおしのけて　我まずそこへ進みいる　無礼粗暴なふるまいは　未開の民のすることとぞ」
「歩行の人は人道を　車は車道をすゝみつゝ　橋とちまたのわかちなく　左のかたをあゆむべし　我に道聞く人あらば　委しく告げて迷わすな」
「外国人を取りまきて　珍しがおに見物し　彼をあなどり笑う人　あること国の恥辱なれ　これらの悪しき風習を　払えや一日も速かに」
「ここやかしこに塵を捨て　みだりに樹木の枝を折り　壁板塀の分かちなく　楽書きするは何者ぞ　わるしと聞かば改めて　又と犯すな犯さすな」
「机・腰掛大切に　損ぜぬようにあつかいて　運動時間のくる時は　共に楽しく庭

に出て　ブランコ奪い合うこともなく　遊べ楽しく睦まじく」
「男子は陸海軍隊に　身を捧ぐべき務あり　女子は子孫を教育し　世に立たすべき務有り　我らちひさき国民も　心は世のため　君のため」

当時の日本人の日常行動が推測できるとともに、こうしたこまごまとした教訓を説かねばならない現実もあったようである。修身の副読本である。
その他、産業、人物評価、地理、人文の唱歌をつくり、知識の普及を試みた。

産業唱歌――人物編
ジェームズ・ワット
「かぶせし蓋を押し上げて　沸き立つ湯気の力より　いく年月の辛苦経て　蒸気機関を発明し　不抜の功を奏したる　ワットは世界の大偉人」
ジョージ・スチブンソン
「父は炭鉱火夫たりし　貧家の内に身を起こし　ただ熱心と勉強と　鉄道事業の

発明に　不朽の名誉を博したる　スチブンソンは世の恩者」
ジャック・ハード
「貧賤その身を玉成し　製し出だせる機織機《ハタオリキ》　リヨンの都を風靡して　時の帝に
皇后に　知遇を得たるジャック・ハード　天下の志士の好模範」
トーマス・エヂソン
「身は鉄道の小ボーイ　実験室をわが部屋に　つくりて研きし学なりて　発明と
げたる電灯の　めぐみを遺すエヂソンは　地球を照らす光なり」

日本人としては左甚五郎が選ばれている。

「わがたのしみは貧しさに　ありと歌いて里人の　笑うも知らず顧みず　一心
刀を手に執りて　彫刻つとめし甚五郎　「左」の名こそ八千代なれ」

いかにも立身出世主義の時代を反映している。

鉄道唱歌

一世を風靡したのは鉄道唱歌である。大和田建樹が一九〇〇年（明治三十三）に「地理教育鉄道唱歌」として発表、上真行（東京音楽学校講師）と後輩の多梅雅（大阪師範学校教諭後に東京音楽学校教授）が二つ曲をつけている。これは第一集から第五集まである。第一集は東海道編で、東京から神戸まで、少し寄り道をして、五十三次ではなく六十六駅の歌をつなぎ合わせている。第二集は山陽・九州線、第三集は東北・奥州線、第四集は信濃・北陸線、第五集は関西・参宮線であった。長い、長いこの歌詞を大部分大和田が一人で書きおろしており、驚くべきことである。

もっとも、東北・奥州線は田村虎蔵、信越・北陸線は納所弁次郎と吉田信太が担当したという。その後にも、鉄道支線の歌がつくられ、全国を巡っている。国際的にも珍しい作品である。

東海道線は、「汽笛一声新橋を　はや我が汽車は離れたり　愛宕の山に入りのこる月を旅路の友として」で始まり、「右は高輪泉岳寺　四十七士の墓どころ　雪は消えても消え残る　名は千載の後までも」「窓より近く品川の　台場もみえて波白く　海のあなたにうすがすむ　山は上総か房州か」と調子のよい歌で始まる。人々は競って暗記して歌ったとある。

あまり知られていない愛知県を見てみよう。「豊橋下りて乗る汽車は　これぞ豊川稲荷道　東海道にてすぐれたる　海の眺めは蒲郡」「見よや徳川家康のおこりし土地の岡崎を　矢矧の橋に残れるは　藤吉郎のものがたり」「鳴海しぼりの産地なる　鳴海に近き大高を　下りておよそ一里半　ゆけば昔の桶狭間」「めぐみ熱田の御社は　三種の神器の一つなる　その草薙の神つるぎ　あおげや同胞四千万」「名高き金の鯱は　名古屋の城の光なり　地震のはなし*まだ消えぬ　岐阜の鵜飼も見てゆかん」とある。

当時日本の人口は四千万だったこともわかる。

*濃尾大地震のこと

金田一春彦／安西愛子編『日本の唱歌』（上）には、古茂田信男『日本流行歌史』のなかの鉄道唱歌についてのエピソードを紹介している（この『日本流行歌史』は巻末参考文献中の同名書とは異なる）。日本地理名所案内を兼ねたこの歌は第一集が十万部売れた。ただ、東海道だけでも長いので、よく歌われたのは最初の十余であったという。この歌は版元の大阪の三木佐助が楽隊を雇い東海道を歌って宣伝したことも全国的に有名になった一因という。曲は二つつくられたが、格調の高い上真行の雅楽的な曲よりも、軽快な多梅雅のものが流行になった。

なお、「汽笛一声新橋を」の句はすでに演歌「汽車の旅」にあったもので、その版権を開成館（大阪）が買い取り、大和田が補足した。東海道線開通は一八八九年（明治二十二）であり、十年を過ぎて鉄道ブームの最中であったのも幸いしたと古茂田はいう。こうして明治中期には「唱歌」というものが日本中に根づいたわけである。

大和田建樹は、一九〇一年（明治三十四）に散歩唱歌もつくった。作曲は多梅雅である。この歌詞も長く、春は十五連、夏は十連、秋は十五連、冬は十連の、四部四十連である。美しい野山の四季を鑑賞し、胡蝶の舞や野鳥、虫の声を楽しみ、働く人々の声に慰められ、思いを新たにできると、散歩の効をたたえている。

まだ公園は整備されていない時代であり、歌詞にはいってない。散歩という行動は西洋文化とともに入ったものらしく、散歩という用語も新たにつくられたようである。大和田は故郷宇和島で和歌、国文、漢学を教え、東京大学古典講習所講師、東京高等師範学校教授を経て、作家活動に入ったといわれる。天才的な才能があったのであろう。

一九〇六年（明治三十九）には石原和三郎が電車唱歌をだしている。東京市内五十二の駅を歌っている。当時は三つの電車会社が相互に市内に乗り入れていて、複雑であった。この歌は市内案内として便利であった。啓発的な唱歌がもてはやされた時代であったのである。

なお、六年後に三つの会社は合併して、東京市電となっている。

文法を教える唱歌もある

日本語の文法は不完全であると外国人から指摘され、徳川幕府は幕末に国語文法の整備に入ったが完成せず、明治政府がこれを受け継いだ。日本語はあいまいな表現が多いので、それを整理する必要があった。

唱歌においても歌詞について種々文法的な論議があったという。この論争は別に論ずることとして、新しい文法を覚えるための、唱歌がつくられていた。大和田建樹の「日本文典唱歌」から抜粋してみる。

「人の心をうつしだす　言葉の数は多けれど
類を分かちて名づくれば　八品詞とぞなりにける」(3)
「物と事との名をしめす　名詞の次にその代理

つとむるものは代名詞　指示・人・疑問の三種あり」(4)
「名詞の様や性質を　のぶる詞は形容詞
種類わかてば尋常と　数と敬語と疑問なり」(6)
「物の動きと静まりを　しめす詞は動詞なり
(谷水ながれ)(花ちりて)(うぐいす歌ひ)(魚あそぶ)(9)
(鳥よく歌う)(高く飛ぶ)(しずかにゆくは水の音)
これらの詞は副詞とて　動詞の形容つとめたり」(58)
「詞と詞をつなぐべき　文字は後詞よ後置詞よ
むかしの人の　てにおはと　名づけおきしも是ぞかし」(69)
「(および)(ならびに)(あるいは)の　たぐいは別に離れたる
言語章句を附け合わす　接続詞とぞ名づけたる」(76)
「感じて出づるその声を　あらはすものは感嘆詞
また感詞ともいふぞかし　これに前後の二つあり」(77)
「ここに終わりし八品詞　心にしるし忘れずば
係結びに進むべし　係りは二つ(ぞ)と(こそ)よ」(82)

＊カッコ内数字は連番

係り結びでは、「ぞ」、「何」、「何」が連体言（連体形）で結び、「こそ」で既（已）然形で結ぶと説明され、具体的な結びの例を歌詞の中に織り込んでいる。

そして、「かかれば結ぶ言の葉の　乱れぬ法の正しさは　わが國文の花ぞかし　さかせや四方のかおるまで」（97）とある。

これら九十七連に及ぶ歌詞で長いようであるが、文法を覚えるには、案外よい方法のように思われる。

当初は文語文の歌詞が多かったが、漸次口語文が使われるようになった。やがて言文一致運動ですべてが口語文に変わってゆく。日本語にとっても難しい時代であった。

歌は、口、耳、頭すべてを使うので、三次元的に覚えることができ、効率的である。論語も繰り返せば、その意味がよくわかってくるという教えがあり、音読し続けて覚えることは、勉学の基本かもしれない。

栄養の歌

渡辺裕は著書『歌う国民』の中で、啓蒙唱歌として歴史唱歌や郵便貯金唱歌を紹介しているが、その他に「栄養の歌」も取り上げている。これは当時の栄養学の先達である京都大学の佐伯矩《ただす》の一九一八年（大正七）の作詞で、楠美恩三郎（東京音楽学校）が作曲している。その中の六番の歌詞は、当時としては新しい。

豆腐・納豆・味噌・黄粉豆こそ肉の代用《かわり》なれ
小間切肉や煮干し添え美味と栄養兼ね得べし
およそ調理に心して廃物出さぬ工夫せよ
貯蔵の法を弁《わきま》えて天の恵みを無益《むだ》にすな

渡辺裕は極めて実践的な内容を歌で覚えさせ、欧米に追いつこうと苦慮する様子が伝わると記している。また唱歌遊戯も紹介し、唱歌を通しての教育は音楽の在り方をおし曲げているといっている。

唱歌による教区の実態

私の母親は明治時代の高等小学校卒であるが、一年生では、朝起きてから歯磨き、洗顔、朝の挨拶、朝食の食べ方、学校へ行く前に持ってゆくものの点検などを唄で覚えさせられたという。忘れ物が多かった低学年の教えである。

藤本浩之輔著『明治の子ども遊びと暮らし』では、京都の山口さんの小学校唱歌の思い出が載せられている。山口ふささん（明治二十六年生まれ）は、農家の九人兄弟の第四子である。当時は尋常小学校四年制卒である。二年生に上がるときにならった唱歌は以下のようである。

「わたし今年みなさんと　はじめて学校へ入りまして　先生の教えをよく守り　病気のほかは休まずに　いろいろなものを知りました　力の強い金太郎や　舌切り雀　花咲爺松山鏡のいじらしや　いろはにほへと　あいうえお　石版出してかきくけこ「一、二、三の数字」をも　今は残らずおぼえたり　そのほか好きな遊びごと　いっしょにそろえ手をとりて　仲よく遊ぶたのしさは　いかにうれしきことなるよ　さきの四月がきたならば　二年生になりまして　父上様や母様に　たんとほうびをもらいましょ」

歌として、一生懸命覚えたという。また、四年生の修身の最後の授業でならった「女子のつとめ」の唄は大事なことであった。

以下に引用する。

「女と生れいでし身は、まず第一に気立てぞや、よし顔ぶりに花なくも、人をそねまずいつわらず、ことば少なにしとやかに、それぞれしぼまぬ花の色、家にありたる日は父と母、嫁げば夫ふたしゅうと、いかなる人に向かうにも、まず思いやりを第一に、わが身つねって痛さ知れ、憂きは慰め、楽しみは、しもじもまでを分かてかし、芸のいろいろひまひまに、修むるもよしさりながら、まず裁ち縫いに料理法、家事のまかないひとわたり、衛生、教育、算術や、読み書くわざも証文に、せめて人手を借らぬまで、妻よく家《ウチ》を治めなば、夫はこのため国のため、重きつとめぞ女子のつとめは、」

唄いながら覚えたとある。

この長い文章を、暗記させて理解させる教育も明治政府の方針だったかもしれない。儒学の伝統もあり、抵抗なく受け入れられたのであろう。

文部省小学校令が改正され義務教育期間が四年になったのは一九〇〇年（明治三十三）であり、山口さんはその初期の入学生であった。カリキュラム、教授指導要領もすべての地方にわかりやすく伝達されていたとは思われない時代であり、そういう未熟な段階では、それぞれの地域の教師により、独特の教育がおこなわれていたのかもしれない。

満州小学校唱歌

最近、喜多由浩著『満州唱歌よ、もう一度』という書を見つけた。この本で、満州の日本人学校で独自の唱歌が教えられていたことを知った。同時代に育ち、数人の満州帰りの友人を持っていた私には感慨が深かった。

私は一九八四年（昭和五十九）から七年間、中国遼寧省瀋陽（旧奉天）市にある中国医科大学の協力を得て、日本の文部省海外学術研究―がん特別調査のうち、「胃がんの発生要因と予防について」の共同研究を班長として担当していた。この共同研究は国際医学会でお会いした北京のがん研究所長、李冰先生のご配慮によるところが大きい。

戦後日本人として初めて東北地区（旧満州）でのがん研究を許されたという背景があり、私自身かなり重い責任があると思った。研究調査地域は旧関東州、大連と安東との中間に位置する荘河県であり、胃がん死亡の高い地域であった。ここはかつての日露戦役で日本軍が上陸し、大連へ向かった地域でもあった。対照調査地域として胃がんの低率な新民県（瀋陽の西）が選ばれ、遼寧省の南と北にわたる調査研究となった（林恵芝／張蔭昌／青木國雄ほか「中国・日本胃がん地理病理学的対比研究」）。

私は七年の間に十五回、東北地区を訪れた。さらに、瀋陽の北にある撫順（炭鉱で有名）地域でも肺がんの疫学の共同研究を中国医科大学側から要請され、数年間実施した。撫順には大学の予防医学研究基地がつくられ、私どもの研究終了後も研究が続けられている。これらの研究終了後、遼寧省の鉱山地区である本渓市でも、鉱山病院のがん病棟増設について協力を依頼され、できうる限り援助をさせていただいた。

この間、研究の必要もあり、旧南満州鉄道の沿線都市をできるだけ回った。荘河県に近い遼東半島の南部の大連、旅順、錦州、大石橋、瓦房店、また瀋陽に近い遼陽、営口などである。地図で見るとアジア大陸の片隅であったが、広大な地域であり、訪れるたびに大陸の大きさを知った。住民の気質も島国とは異なり、おおらかで、懐が深く、長い目で物事を判断する傾向があるのに、ひそかに驚いた。島国とは発想が違うのである。優れた研究者も多く、将来はこの国の指導を仰ぐことになるかもしれないと感じた。

研究を通して、学問だけでなく、人間の生き方について教えられ、自らを顧みる機会も多かった。共同研究主任研究者の中国医科大学張蔭昌教授は、国際的な評価の高いがん学者で、日本語が流暢であり、共同研究は非常に円滑だった。そのうえ、多くの中国事情を教示していただき、この国に対する認識を新たにできたことは、幸運であった。

研究調査のための移動は車であったが、時には汽車を利用した。車内で地元の中国人と親しく歓談でき、過去のいろいろな問題やお互いの誤解を知ることができ、話し合うことで友好関係ができるのだなと痛感した。

一九八四年（昭和五十九）は日中国交正常化まもなくであった。時の周恩来首相は国交回復にあたり、日本への昔の恨みを忘れて、友好を進めようと全国民へ訴えられた。おかげで、私どもへの対応も極めて友好的で、不愉快なことはまったくなかった。

研究終了後も、努めて東北地区の情報に関心が続いた。最近になって満州の日本人小学校に特有の唱歌があったことを知り、早速購入したのが『満州唱歌よ、もう一度』だったのである。小学校教育のことはまったくの素人であり、わずかな情報で発言するのは論外と思ったが、少しでも旧満州のことを広く知っていただきたいとの思いもあり、以下で紹介したい。

喜多の編著や、私が購入した満州関係の書など限られた情報ということもあり、不十分な点、間違いについては、機会があれば訂正したいと思っている。

1　満州の日本人小学校唱歌

一九〇五年（明治三十八）、日露戦争後のポーツマス条約で、わが国は中国東北地方（旧満州）遼東半島の一部、大連から長春（寛城子）の間の鉄道沿線・関東州を租借することになった。ロシアが租借していた地域の割譲を受けたのである。それに加え、通商地として、ハルビン、チチハル、満州里など十六カ所が開かれ、そこに日本の租界が認められた。

日本政府は一億円の資金と株式の一億円を公募し、合わせて二億円の資金で鉄道網を整備し、南満州鉄道株式会社（満鉄）を設立、経営・管理にあたらせた。初代総裁には急逝した児玉源太郎大将の指名で後藤新平が選ばれた。彼は、満州においては軍事ではなく、文治を中心にするという方針を立てた。台湾で成功したのと同じ方針である。これは、文事的施設を充実し、民衆の便を図り、統治者としての尊敬を受けることが重要と考えたからである。賢明な選択であった。

具体的には、まず、南満州鉄道の各駅に病院、学校、その他文化施設をつくり、産業を興し、港湾の整備を図り、日本人ばかりでなく現地人の利益も重視したのである。炭鉱の近代化を図ったのも、労働条件の改善を狙ったという。南満医学堂（のちの満州医科大学）、旅順工科学堂（のちの旅順工科大学）を創設し、地域人にも開放して教育、技術研究の発展を図った。もちろんこれらの地域の安全のため、かなりの軍人が駐留して保安を維持せざるを得なかった。もっとも、満州事変以降は軍事による統治となり、大きく変化した。

満鉄は、一九〇七年（明治四十）に各種の満鉄調査部をつくり、基礎的な調査をさせた。日本から優秀な人材を選び、待遇も内地より格段に高くして、この新天地を王道楽土に変えようとする政策をとったのである。満鉄は鉄道のほか、民間団体として、炭鉱、海運、ホテル、事業も展開、一九三七年（昭和十二）まで、幼稚園から大学までの学校経営もおこなった。期待通り大きな発展に寄与したといってよい。

大正時代に入り、満州の日本人の人口は漸次増加し、一九三〇年（昭和五）には二十五万人となり、一九三八年（昭和十三）以降は五十二万人と倍増した。当然、子女の数も増え、小学校も各地につくられた。教育者には東京府立一中の校長や、各地の選りすぐりの教師が選ばれたという。本給に倍する手当てがつき、赴任した教育者は新天地で

理想と使命感に燃えて大変な努力をされたようである。満州での教育レベルは内地より
かなり高かった。教師の質もよかったが、満州の日本人の子供たちも極めて優秀だった
という。中学や高等女学校の進学率は内地よりはるかに高く、日本国内（内地といって
いた）での有名大学の入学率も高かった。

教育の内容は内地より自由で、ユニークであった。すでに学校ではグループ活動もし
ていたという。音楽教育は、初期は日本の教科書を使ったが、現実に合わせて新しい唄
がつくられ、日本でも実施されなかった高いレベルの音楽を教えていた。児童文化、芸
術面でも高いレベルであった。これについては、磯田一雄成城大学名誉教授の「児童文
化、芸術面では高い教育レベルであった」との証言がある（喜多由浩『満州唱歌よ、も
う一度』）。

音楽教育は、はじめは日本の教科書を使用していたが、不適切なことが多いとわかり、
独自の教科書がつくられることとなった。

一九二二年（大正十一）、南満州教育会に教科書編集部が設置され、大連に本部を置
いて活動が始まった。日本の教科書の唄は、内地と満州では風土があまりにも違ったこ
とも一因である。例えば、「春が来た」といっても日本とは異なり、有名な「故郷」と

いう唱歌の「兎追いしかの山　小鮒釣りしかの川」はどこを探してもなく、山も川もない大平原の満州では、汽車の「今は山中、今は浜、今は鉄橋」は想像しようもない。井戸も田んぼも、田植えもない。村の鎮守様もない。つまり日本の唱歌を歌っても子供たちには実感はわかなかったのである。

唄は住んでいる地域の生活環境、つまり満州の風土に合ったものが必要であった。これは、教科書編集にあたった一同が痛感したことであった。満州で育った子が日本へ帰った時、内地のあまりにも大陸と異なる景色に驚いたという回想からもうかがわれるように、教育には深く心情に訴えるものが基本的に必要だったからである。

唱歌の編集は、初めは日本から、北原白秋、野口雨情、島木赤彦などすでに有名になっていた人々を招待し、歌詞の作成を依頼した。そして、山田耕筰、中田章（「早春賦」の作曲者）、船橋栄吉（「牧場の朝」の作曲者）、大和田愛羅（「汽車」の作曲者）、広田龍太郎、信夫潔、小松耕輔など、そうそうたるメンバーに作曲を依頼した。北原白秋の「ペチカ」や「待ちぼうけ」、野口雨情の「メガデタ」、島木赤彦の「ぶたの子」、巌谷小波の「爾霊（ニレイ）山の秋」などがつくられ、教科書に組み入れられた。

まさに巨匠依存主義で、万全を期したつもりであった。しかし、日本の巨匠の作品でも、満州の子供たちに深い感銘を与えることは難しかった。実感を持って喜ばれたわけではなかった。風土に対する感覚が少し違っていたからである。この教科書は一九二四年（大正十三）に「満州唱歌数　尋常科第一・二学年用」として副読本が出ている。

一九二〇年（大正九）、内務省から満鉄学務課に赴任した保々隆矣《たかし》課長は、東大法科出身のエリート官僚であったが、「自由と進取」を教育方針に掲げ、革新的な教育を陣頭指揮をとって進めた。満州に理想的な学校をつくろうとしたのである。

官僚としては異色の人物であった。日本の国定教科書では自然の風物が異なるので、満州には別の唄が必要と指摘して、南満州教育会教科書編集部に改定をさせた。唱歌は岡山出身の音楽家の園山民平、北海道出身の詩人石森延男らを採用した。彼らは精力的に満州各地を回って、土地の歌、メロディを採譜した。現地教師の意見も参考にして、現地にふさわしい歌詞をつくり、調べをつけた。

編集者の一人、石森延男は「満州で生まれ育った子たちの郷土愛を養うには、満州らしい風物や習慣、伝説、天候、四季感になじませなければならない」といって、満州唱歌の作詞に情熱を注いだ。園山民平は東京音楽学校（のちの東京芸大）卒で一九二二年（大正十一）一月に満州に招かれたが、故郷・北海道に似た風土を愛し、子供たちに喜ばれる曲をと、精力的に情報を集め数々の名曲をつくった（長男の暁峰さんの談話、愛知県豊橋在住）。

こうして満州の素材がふんだんに織り込まれた歌が続々と誕生し、子供たちは喜んで歌ったという。これは敗戦後日本へ帰った旧満州在住人の回想録からもうかがわれる（井岡大輔『満洲歳時考―意匠資料』）。

曲目としては、「ロバ」「リンク」「やなぎのわた」「馬車」（マーチョ）「こうりゃん」「赤い夕月」「たかあしおどり」「こなゆき」などがあげられる。土地の音楽の要素をより多く取り入れ、住民である中国人やロシア人にも親しみを感ずる音楽であったという。

石森延男は札幌出身で東京高等師範学校を卒業。一九二六年（大正十五）に南満州教育会教科書編集部編集員となり、「満州補充読本」「満州唱歌集」などの編集にあたったが、一九三九年（昭和十四）に帰国。文部省で国民学校教科書の編集にあたったという。

初めて教科書が大改訂されたのは一九三二年（昭和七）で、満州の風土を描いた歌がたくさん入った。この時、巨匠たちのつくった唄の多くは教科書から除かれたという。文部省の直轄でなかったので、こうした改定が可能であったのである。

最も知られた歌は、満州育ちの「わたしたち」である。歌詞は以下のようである。

1　寒い北風　吹いたとて　おじけるような子どもじゃないよ　満州育ちの　わたしたち

2　それに雪さえ　降ったとて　たまげるような子供じゃないよ　満州育ちの　わたしたち

3　風の吹く日は　外に出て　リンクをまわろうよ　スケート遊び　満州育ちの　わたしたち

4　雪の降る日も　外に出て　みんなでしましょう　雪投げしましょう　満州育ちの　わらしたち

この作詞者はわからないが、作曲は園山民平であり、一九三三年（昭和八）改定の尋常小学校第三学期用の教科書から載っている。満州の日本人の子供のアイデンティティをこの唄の中に見出したという。スケートは毎日の遊びであり、競技大会も多かった。滑りながら「わたしたち」を歌ったという。

娘々《ニュンニャン》祭の歌も長く歌い継がれた。これは女子の祭りで、祭り当日は数十万人が集まるほどのにぎやかなお祭りである。北原白秋は大石橋での娘々祭を見て、「娘々娘祭りに行く人は　驢馬　驢馬　幌馬車に高脚絆　娘々祭は楽しい行列　出し店、人息れ娘々　福寿をお授けに　娘々　この子がまめなよに　ピーヤボンボン　じゃんがらぽん旗ふり　鉾ふり　高足駄　娘々　どこへゆく　花嫁御　月宮殿へとのぼりゆく」と書いている。ここでの踊りの一つ、「たかあしをどり」の曲も高い人気があった。踊りもおもしろいが唄もよかった。これも園山民平の作曲である。

なお、娘々とは古くは皇后さまの称号で、天下の母の意味であった。のちに高貴な婦人の尊称となり、また、何人かの女神（娘々）が、神としてあがめられた。道教では、天仙聖母碧霞元君として祭られている。民衆の信仰を集め続けた祭神である。無病息災、不老不死、五穀豊穣、富貴、子宝、国家安寧の神様であったからである。

祭り日は地域で異なるが、満州では四月十八日を中心に五日間おこなわれる。定期市が開かれ、玩具、化粧品、小間物、食器、衣類、薬類、起き上がり小法師などが売られた。人々が集まるわけである。

その他の唱歌では、季節を巡り、春の訪れを告げる杏の花、続いてナシノハナ、四月の末にはアカシアが咲く。すると満州の夏がせまっている。夏の夕暮れには赤い夕陽が沈む、十一月は寒く、冬が来る。冬の唄は「フユ」「こな雪」「石炭くべませう」「ペチカ」「スケート」などで、生活に密着した唄が続く。冬には「栗売」、「山ざし売り」の唄があり、おいしい「ロシアパン」の歌もある。亡命白系ロシア人は十万人近く住んでいたという。

女学校用の「五月祭」「星が浦」などを聞いてみると、大正時代の哀愁が漂っている。音楽学校唱歌は、園山民平が中心となり、百曲近くつくられた。園山は大連に住み、音楽学校を経営しながら、女学校や中学校の教師として音楽の指導をしていた。村岡楽堂も東京音楽学校器楽科を卒業後、大連で村岡管弦楽体を組織、満州にちなんだ唄や学校校歌をつくった。大連高等音楽院長も務めている。園山と並ぶ大連を代表する音楽家だった。園山は敗戦後は妻の故郷、宮崎県で、市民オーケストラの先駆けである宮崎管弦楽団を創設、後進の指導にもあたったという。

2 満鉄教育の終焉と満州唱歌のCD化

この理想郷にも変革のあらしが吹き始めた。

一九三七年（昭和十二）以降は、満鉄が経営していた付属地の行政権は満州国へ移譲された。学校教育は日本大使館教務部になった。満鉄教育の終焉である。大使館と強力な権利を得た関東軍が教育も担当した。そして一九四〇年（昭和十五）、「満州唱歌集」は「満州小学唱歌集」となり、満州の唄が減少し、日本の文部省唱歌が多く利用された。戦争関連の唄も多くなった。生徒の回想として、戦争末期には軍歌を多く歌ったという。人口は戦争末期には一五五万、軍人軍属を加えると二〇三万人であった。なお、農業移民は二十七万人が送り込まれたという。相当の数の日本人がいたわけで、子供の数も多かったと思われる。

満州唱歌は一変したわけである。戦争による組織変更が満州教育の特徴を消してしまったのである。

園山先生からピアノを習ったという小松みどりさん（七十四歳）は、帰国した日本で満州唱歌のCD制作を思い立った。また、旅順高等学校出身の丸山カズ子さん（七十九歳）は二〇〇三年、同窓会ができなくなったので、思い出にCDの制作を企画、その収録曲は十九で、同窓会のアンケートで曲目を募集し、十九の曲を収録された。この制作にはハルピン出身のソプラノ歌手、中澤桂さんらが協力された。それを私はCDで聞くことができた。

喜多由浩編著『満州唱歌よ、もう一度』は、葛畑美千代さん（九十九歳）が、「産経新聞」の「私の好きな歌」のコラムに投稿した満州唱歌「わたしたち」から始まった。産経新聞社がこの唄についての情報を呼び掛けたところ、多くの返答があり、これらの情報が積み重ねられた。さらに、実際にこの歌をうたった人々の証言を集め、写真やスケッチ、ＣＤなどの提供を受けて、編集に取り組み、産経新聞社から出版された。敗戦後から五十八年目である。

満州で生活した多くの日本人は、理想を追って、努力を重ね、大きな成果を上げたと思う。しかし、一九三七年（昭和十二）以降は戦争により、それまでの自由な理想的な方針は失われた。そのうえ満州在留者は、敗戦による混乱の中で大変な犠牲を払ったのである。

マザーグースのこと

マザーグースの唄

私がマザーグースに付いて語る資格はまったくない。しかし、米国留学中に「マザーグース全集」に出合い、大変興味を持った。楽しそうな唄が大部分であるが、理解できぬ唄も多く、困惑した思い出がある。日本の童話でもわからない唄が多くあるので、外国の唄がわからないのも当然である。子供時代の基礎的な知識の不足もある。

その後、よく知られた「マザーグースの唄」には、有名な歴史的事件が隠れていると聞き、それがどのようなものかを知りたくなった。もっとも英国の歴史の知識は乏しく、手近に得られる資料も限られているので、難しいと思った。それでもいくつかの唄について、はさまざまな解説書が出ており、代表的なものについて覗いてみることにした。

まず驚いたことは、「マザーグースの唄」（童謡）は、江戸末期の海外交流時に日本に輸入され、幕末の日本の英語のテキスト（邦訳）の一部が残っていることである。「きらきら星」という唄は一番早く紹介されたようである。一八八二年（明治十五）には邦訳集が刊行されていた。

鷲津名都江によると、日本での第一次マザーグースブームは、明治末期から大正時代にあり、竹下夢二、土岐善麿、北原白秋らが素晴らしい邦訳をしている。北原白秋は一九二〇年（大正九）から「赤い鳥」誌などに次々と邦訳を発表し、翌年の十二月には一三〇篇の訳詞を「まざあ・ぐうず」として発刊した。わが国での本格的紹介の嚆矢と平野敬一は言う。

私どもは、戦後になり、ラジオから放送される「きらきら星」や「メリーちゃんの羊」を、マザーグースの唄と知らず、何となく口ずさんでいた。また、「不思議の国のアリス」という英国の小説が評判になり、読んでみると「マザーグース」からの引用が多く、原典を知らないと理解が不十分とわかった。アガサクリスティの推理小説が日本で有名になるにつれて、いくつかの小説の題名が「マザーグース」に由来しており、謎解きも、唄がヒントになっていることを知った。日本でいえば「かぐや姫」「浦島太郎」

「かちかち山」などの話を知らなければ、ドラマのおもしろさを理解できないというようなものだ。

　前置きはさておいて、ここでは、背景に社会的背景、問題点を示唆する唄について、不十分ながら、手短に解説したい。

1　ロンドン橋が崩れ落ちる

　英国のテムズ河に最初に架けられたロンドン橋の唄である。この橋について簡略に説明したい。

　紀元前、英国に侵入したローマ軍は一世紀に入り、この占領地の大きなテムズ河に木造の橋を架けたという。軍事目的のほか、生活に便利だったからである。それまでは河の両岸地域がそれぞれに発展し、栄えていた。そして両岸をつなぐ交通として、渡し船が数多く運航していたという。橋が架けられてからは、ここは交通の要衝となり、以降ロンドン市は西方向に発展していった。一七五〇年にウエストミンスター橋ができるまでロンドン橋はテムズ河にかかるたった一つの橋であった。ロンドン地域に流れ込むテムズ河の幅は約三〇〇メートルで、川水の流量は大きく、流れも速い。何度も洪水に襲われて橋は流され、そのたびに架け替えられたという。一二〇九年にロンドン橋は、石橋となり、ようやく流されなくなった。

この石橋の建設については、鳥山淳子と出口保夫のかなり詳しい解説がある。まとめてみると、この橋はペーターという司祭が計画し、一一七八年から工事が始まり、一二〇九年頃になってようやく完成した世紀の大事業であった。テムズ河の川床の十八カ所に樫の巨木の杭が打ち込まれ、それぞれに小さい島を小石でつくり、それを基礎に橋げたをつくった。両岸の距離は約三〇〇メートルあり、約一五メートル間隔の橋梁で橋を架けたことになる。司祭は完成を見る前に亡くなっている。一三五七年頃にはこの長い石橋（幅は六メートル）の上に一二〇もの店や家が立ち並んでおり、三階建てや四階建ての家の最上階は向かいの家とつながっていて、通路はトンネルのようであった。これらの家や店は賃貸しで、その収入で橋の維持費や修理費に充てたという。橋の上は木造であり、何度も修理や建て替えをした。したがって昔の絵を見ると年代によって違う。橋にはカンタベリーの聖トマス礼拝堂（チャペル）が設けられ、三〇〇人は入れる大きな教会であった。なお、ペーター司祭は没後、礼拝堂の地下に埋葬されたという。

この橋のたもとには船着き場があり、時代によっては、一万六千隻という渡し船と約四万人の渡し守がいて、貨物や、多くの人々を対岸に送っていたという。ロンドン橋の入口には監視小屋があり、通行税をとるとともに、外部からロンドン市内への人の出入を監視していたという。

ロンドン橋は、シェイクスピアが対岸のグローブ座（劇場）に通ったり、日記作家としても有名なサムエル・ピープスも足しげくこの橋を利用したという。橋の上の店舗を訪れる人々も多く、ロンドンの名所になったが、一方、建物は木造であり、たびたび火災で家屋が焼失する惨事もあった。橋は人々の注目を集めていたこともあり、王様は橋のたもとのゲイトに、処刑された反逆者や犯罪者の首を晒すという見せしめを続けた。まず、一三〇五年にスコットランドの憂国の士ウイリアム・ウオレスが戦いに敗れて、とらえられると八裂きにされ、その首は橋の中央に晒された。手足もロンドンの四方（東西南北）に晒されたという。ワット・タイラーやトーマス・モアも首を晒されている。この蛮風は一六七八年まで続いている。

マーク・トゥエーンの「王子と乞食」の話の中には、王の即位式でにぎわうこの橋の上で、元侯爵や高官の腐敗した首が転げ落ちたとある。首は長く放置されていたのであろう。この石橋は一六六六年に傷みが激しくなり、店や家も移転し、一七六二年以降は橋の上には建物はなくなった。その後、一八三一年にアーチ型の橋に架け替えられ、その橋も傷んで、一九七三年に現在の鉄筋コンクリート製になったという。長い年月の間に数限りないエピソードを見てきた橋である。ロンドンの歴史の証人である。

ウェイトマンの『テムズ河物語』をみると、この橋をめぐって、さまざまな社会経済学的出来事が描かれている。港として、各種の貿易品の積み下ろしと、その取扱量の増加、商業の発展、おびただしい人の交流、犯罪も増えた。発展に伴い、王宮、各種の官庁が建設され、商店街が立ち並び、劇場などもつくられた。かくて、ロンドンは世界有数の大都市に発展していく。時代により河沿いの街の風景が激変していることが、各時代のロンドン橋の絵画からうかがわれる。人とものの動きはテムズ河の利用によることが大きく、一方、テムズ河自体は環境汚染により、独自の美しい姿を失い、自由も失ったとある。

こういう長い歴史を持つロンドン橋にまつわる唄が、「ロンドン橋が落ちる」である。この唄は子供たちの遊び唄にもなっており、日本の「通りゃんせ」と似ているという。二人の子供がアーチをつくり、その下を、残りの子供が次々にくぐる。途中で捕まる子供があり、いろいろ尋問される。理由により、解放されたり、とらえられたりするという遊びである。どうしてこんな遊びができあがったのか、その経緯を探すことはできなかった。

唄は十七世紀頃にできたらしい。遊びとしては、一八二〇年頃に子供たちは輪になって踊ったという記録もあり、途中で変わったらしい。メロディもいまとかなり違うという。現在のメロディはアメリカでできたもので、一八八三年のニューウーウエル『アメリカの子どもたちの遊戯と歌』のなかで紹介されているという。アメリカ生まれの歌詞であり、英国に逆輸入されたとも書かれてある。

遊び方がどう変わったのかわからない。この遊びは、ロンドン橋を渡る人の状態からできた唄のようにも思われる。この唄の歌詞は時代によって少しずつ変わり、長さもかなり異なるようである。

さて、実際の唄を見てみよう。

London bridge is broken down, broken down, broken down と

London bridge is falling down, falling down, falling down の二種がある。

後者は米国で歌われ、英国には再輸入されたというが、日本では後者が多く紹介されている。

次は、

Dance over My fair Lady　または　Dance over My lady Leigh（Lee）

邦訳では、

ロンドン橋が　落ちる　落ちる　落ちる
踊って　超えよ　愛しの　レディ　愛しの　レディ（リー）

なお、挿絵を見ると、美しい婦人がスカートの裾を持ち上げながら、踊って橋を渡っている。

次は、

Built it up with wood and clay, wood and clay, wood and clay,
Built it up with wood and clay, My fair lady
Wood and clay will wash away, wash away, wash away,
Wood and clay will wash away, My fair lady
材木と粘土で　作りましょう　作りましょう　作りましょう
材木と粘土で　作りましょう　作りましょう
材木と粘土じゃ　洗い流される　洗い流される　洗い流される　愛しの　レディ

そして、以下は和文のみで唄を載せる。

煉瓦と漆喰で作りましょう　作りましょう　これも崩れ落ちる
鉄と鋼で作りましょう　作りましょう　これも曲がってしまう
金と銀で作りましょう　作りましょう　金と銀では盗まれる

夜通し見張りをつけましょう　見張りが居眠りするなら
夜通しパイプタバコを吸わせましょう

そして最後は、

頑丈な石で　作りましょう　作りましょう
ああ　それなら　いつまでも持つよ
（この唄の順序も異なる書もある。）

楽しく明るいメロディであり、繰り返しが多いだけに歌いやすく、調子も上がる。歌詞が長いので子供らは長く遊ぶことができる。

ロンドン橋が何度も落ち、架け替えられたことは言い伝えられている。しかし十四世紀以降は落ちてない。この唄ができた頃は石橋の時代である。また、橋の架け替えの時、人柱を立てたという噂があり、それは見張り人といわれているが、その事実はまったくないという。

平野敬一はオーピーという人の意見として、「絶えず架け替えねばならぬ神秘な橋と、遊びながら、その遊びにも恐怖がかすかに影を落としている、無心に歌っている子供たちと、そういうイメージを喚起するこの唄ほど、人の想像力を動かす唄はまれである。これは昔々の恐ろしい儀式の記憶をとどめているといってもよい、数少ない――おそらく唯一の例である」という一文を引用し、この唄の謎の解釈にしている。昔の記憶については、この唄の初出は十八世紀前半といわれているが、十七世紀の喜劇でも出てくる話なので、もっと古い出自かもしれない。さらに欧州の国々で、似た唄や遊びがあるので、そこからの派生と推定する人もいる。

なお、昔の本では、この歌詞の順は、丈夫な石橋ができたことで終わりではなく、番人を置くことで終わっている。番人は実はこの橋の人柱という説はすでに述べたが、人柱についてはイングランドの中央にあったリー家の土台工事に人柱を立てたという言い伝えがあり、それを持ってきたのではないかといっている。レディ・リーについてはテムズ川の支流のリー川の名前との説がある。

My fair lady という繰り返しがあるが、この意味はよくわからなかった。「踊って 超えよ」につづく飾り言葉と思っていた。一方、lady は河そのものを指す、つまり、テムズ河がladyであると鳥山淳子は指摘する。そう考えると、繰り返す意味もわかるような気がする。

テムズ河の立場に立ったらどうなるであろうか。橋は流れても、テムズ河はそのまま平気で流れ続けるわけである。ウエイトマンの『テムズ河物語』を読むと、テムズ河は、橋を架けられたことは迷惑と思っているようであるといっている。

河は遠くから水を集めて海に向かいゆったりと流れており、河に沿っていろいろな動植物が生を楽しんでいる。人々も河を利用して生活をしてきた。河の両岸に人々は動植物とともに住み、平穏に長い歴史を送ってきた。そして河を船で利用してきた。それで十分であったという。橋は河にとって必要ではなかったと書かれてある。

橋ができ、人々と物が集まり、ドックができたが、同時に、周辺の汚染は広がり、自然の修復は難しくなった。植物も魚類も、また鳥類もいなくなってしまった。河は洪水に弱くなり、余分な災害をもたらした。ようやく二十世紀末に入り、テムズ河の人による利用が激減し、汚染は軽減し、河は静寂を取り戻した。いなくなった鮭が、一九八八年には三〇〇匹以上が遡上してきた。一〇九種類以上の魚が生息し、産卵もみられ、ウナギ漁さえも始まった。魚を追って、水鳥が戻ってきた。テムズ河に昔の平和が戻ってきたというのである。

河をMy fair ladyといったのは現実を指したのであろうか。テムズ河はLadyであり、多くの水を集めて、ゆったりと流れ、麗しく、心ゆたかな貴婦人としてふるまってきた。人や周辺の生物は河を基礎に生活を続ける。テムズ河は貴婦人のように、それを優しくじっと見つめてきた。橋が架けられ落ちても、騒ぐことはない。昔に戻っただけである。歌詞の終わりに、My fair ladyが繰り返されるのは、テムズよ、母なる河という感じであろうか。

London bridge is falling down with a gay ladyという歌詞があるが、橋は落ちるが、テムズの水はいつもここにいる、安心なさいという意味も考えられる。付け加えると、落ちる橋を「踊って　超える」貴婦人とは落ちた橋とともにする河水ではないか。これは私の幻想であろうか。

調子のよい、にぎやかな唄で、そんな悲劇の影は微塵にもなく、長く子供らに歌い継がれ、遊戯にもなっていた。日本の「通りゃんせ」のような遊び唄になっているという。ロンドン橋を渡るのも、「行きはよいよい帰りは恐い」ということだろうか。

これは妄想であるが、通りゃんせの唄は、戦国から江戸時代にかけて、外国人が日本にもたらした遊び歌ではないか。それからできた子供の遊びではないか、ということである。日本のそれまでの遊びとは少し違うし、門番に尋問されるのも、ロンドン橋の出入り口のような気がするからである。

なお、「通りゃんせ」発祥の地として、川越市の三芳野神社と、箱根の菅原神社に歌碑があり、唄の発祥地というが、確かな証拠はない（合田道人『案外、知らずに歌ってた童謡の謎〔2〕』）。唄が子供の遊びになった時期は特定できなかった。広く歌われるようになったのは、明治時代、本居長世が編曲してからのようであるが、江戸時代にもこの唄、遊びはあったかもしれない。

2 Six Pence（六文白銅貨）の唄を歌おう、「はした銭《かね》の唄を歌おう」

これも楽しい快い韻を踏んだ唄である。

Sing a song of six pence, A pocketful of rye,
Four and twenty blackbirds baked in a pie.

When the pie was opened. The birds began to sing
Was not that a dainty dish. To set before the King?

六ペンスの歌を歌おう　ポケットいっぱいのライ麦
二十四羽の黒つぐみ　パイに焼かれて　パイを切ってみると
中から小鳥が歌いだす　王様への素敵なお料理

続く唄は（英文略）、

王様は金庫蔵で　お金の勘定
女王様は　お部屋で　はちみつとパンをお食べ
侍女は庭で　着物の洗濯物干し
そこへツグミがきて　侍女のお鼻をパチンとかみとった

しっかり韻を踏んだ、リズムのあるユーモラスな唄である。世界中の子供に愛されているという。しかし、このままでは意味がわからない。いろいろな説があるが、平野敬一は以下の説をとっている。

この唄の解釈の一つは、ヘンリー八世が金を数える時の鼻歌という。ポケット一杯のライ麦は、農民から取り立てた税金、二十四羽の黒ツグミとはパイの中に隠された権利書、パイは修道僧を指し、ヘンリー八世は二十四のカトリック修道院を廃止し、その財産を巻き上げたという。王妃は王様の甘言にだまされながら耐えている。「はちみつとパンを食べる」で表現されている。

侍女は二番目の妃となったアン・ブリンを指す。彼女は美貌であり、王は庭で彼女を見染めたという。鼻を齧られたことは、屈辱を受けたことをさす。彼女は、後のエリザベス女王を産むわけであるが、讒言で絞首刑になった。「鼻をついばんだ」で、暗い運命を示したという。この唄は、修道院をつぶされたカトリック教徒が王を恨んで、好んで歌った。もっともこの話はできすぎで、つくり話であると一蹴する批評家もいると平野は言う。

なお、唄の中のツグミを生きたままパイで焼くという料理は、実際、イタリアにある。パイの中に生きたまま鳥を入れ、包丁を入れると同時に鳥が飛び出すという料理である。

架空の料理ではない。二十四羽の鳥が飛び出す歌詞は、パイから取り潰された教会の二十四の権利書を指す。これが権利書ということは、別に、このパイを盗んで食べたジャック・ホーナーが権利書の一部を抜きとって喜ぶ唄があるからである。パイは当時ワイロを表したという。なお、英国の黒いツグミは美しい声で鳴くことでも有名である。まとめると、王様はポケット一杯のお金を数え、多くの権利書に喜びを隠しきれなかったのであろう。唄は、王様にとっては六ペンスの小金を数えるくらいのことだったと、皮肉っているのである。

ヘンリー七世（一四九一〜一五四七）は、ウエールズ出身であったが、バラ戦争に終止符を打ち、社会秩序の回復と王権の強化に努めた。絶対王政の基礎を固めたチューダー朝の創始者である。ヘンリー八世はその次男で、死亡した兄に代わり王位を継いだ。亡兄の妃でアラゴン家のキャサリンと結婚し、チューダー王朝の地位を固め、王位簒奪の不評があった父の汚名を消そうとしていた。のちに、王妃の侍女だった愛人アン・ブリンを王妃とすべく、キャサリンとの離婚を持ち出した。カトリック教会から強い反対を受け、教皇庁からの独立を決意、一八三四年に国王を首長とする国教会を設立、修道院を解散させて莫大な財産を王室に移管した。

多くの指導的な修道僧が処刑されたとある。修道院の閉鎖で失業者が増えたとある。移動式絞首台がつくられたのもこのころである。ロチェスター教会の司教も絞首され、橋の上に晒された。煮えたぎった油窯による死刑もヘンリー八世が認めたという。彼は絶対王政を確立し、巧みな外交で欧州での戦争に勝ち、一五一三年にフランスの支援を受けたスコットランド軍を打ち破っている。彼は六人の妃をめとり、離婚を繰り返した。こういう履歴であり、ヘンリー八世を恨む人は欧州に多かったので、風刺の唄もつくられたのであろう。偉大な戦士であり、英国の国力を強めた英雄であるが、宗教の場での血にまみれた背景はそのままほっておかれなかったのであろう。

軽やかな歌詞で、しかも、六ペンスという「はした金」数えのわらべ唄となって歌い続けられているのは皮肉である。

3　Who killed Cook Robin（誰が駒鳥を殺したか）

現在でも多くの小説やドラマなどで使われているフレーズであり、覚えやすいので、知らない人は少ないのではないか。歌詞は以下のようである。

Who killed Cook Robin, I said the sparrow,
With my bow and arrow, I killed Cook Robin
Who saw him die, I said the Fly
With my little eye, I saw him die
Who caught his blood? I said the fish
With my little dish, I caught his blood.（以下、略）

Sparrow が arrow で、Fly が eye で、Fish は dish でというように、きれいな韻を踏んだ素敵な詩である。以下も同様の韻を踏んで、調子よく歌うことができる。

邦訳では、誰がロビン（駒鳥）を殺したか、私ですと雀。私が弓と矢でロビンを殺しました。誰がロビンが死ぬのをみたのか、私ですとハエ。私の小さい目で彼が死ぬのを見ました。誰が彼の血を受けたのか、私ですと魚。私の小さなお皿に受けました。

以下は次のとおりである。

経帷子（shroud）は甲虫（ビートル）が糸と針で縫った。戒名はひばりがつけ、葬式の司会は鳩、墓はフクロウが掘る、牧師にはカワラバトがなった。弔鐘を鳴らすのはウソ、葬式の弔鐘は小鳥たち皆がため息をつき、すすり泣いて聞いた、という唄である。動物による葬儀で、わが国では見られない唄である。

いろいろな解説があるが、妻や子をなくし、悲しみに沈んだ駒鳥を愛の矢で天国に送ったという安楽死説がある。矢はキューピットの矢（愛の矢）であり、ロビンは死んでいないという説もある。一方、十八世紀のイギリスの首相ウォルポール（愛称はロバート、ロビン〔一六七六～一七四五〕）の失脚をめぐるいろいろな風説、噂を吹き込んだとの話がある。彼はケンブリッジ大学を中退、一七二〇年の金融恐慌事件（南海泡沫事件）の処理で名を挙げ、一七二一～一七四一年まで、長期にわたり政権を維持した。平和外交を進めつつ、国家財政を改革し、産業革命前の英国繁栄の基礎を築いた。ジョージ一世が政治に無関心であったので、彼が内閣の事実上の総理であった。英国初めての総理大臣と呼ばれた。

彼がどのように失脚したかは調べられなかったが、これは彼の失脚にまつわる唄といわれている。別の説では、この唄の原型は、すでに十四世紀にあるので、上記のような十八世紀の政情に当てはめるのはおかしい、時期的にかけ離れているというのである。

ただ、マザーグースの本の発刊とタイミングがあっており、言い伝えられるようになったのではないかといわれている。

Who killed Cock Robin? という題名は、アガサ・クリスティの推理小説によりわが国で有名になったが、語呂がよく、覚えやすいこともあり、広まったという。なお、ロビンは被害者、雀が殺人者、ハエが目撃者という役割の筋書きで進んでゆく小説やドラマが多いので、覚えてほしいと鳥山淳子は記している。現在は、Who killed someone, or something? というフレーズが、英語の表現の流行になっている。その他、いろいろの話にロビンが登場し、一般用語になりつつあるという。

ロビンの死後の死体の始末や葬式など一連の行事をたくさんの動物が分担するという仕組みは、当時の風俗習慣を知るうえで参考になる。ただ、動物が葬式に集まる話はドイツにもあるといわれ、欧州では古くからあった話が基礎にあるようである。もし、上記のような政治事件でないとすると、本当は何を風刺したのか、さっぱりわからない。

なお、ロビンは英国の国鳥になっており、他の話でも優しい性格で登場する。人なつっこい鳥で、皆に愛されており、クリスマスカードやケーキの飾りにも使われている。

駒鳥はキリストのいばらの冠のとげを抜いたという言い伝えがある。胸が赤いのはキリストの血で染まったといわれる。神の鳥を殺すと悪いことが起きると信じられてきた。ウォールポール首相失脚後に何かあったのであろうか。

付け加えると、この唄は十四節、八十四行もあり、好奇心をくすぐられながら楽しめる。

4　ハンプティ・ダンプティ

Humpty Dumpty sat on a wall
Humpty Dumpty had a great fall
All the King's horses and King's men
Couldn't put Humpty together again

欧米では非常に有名な話であり、子供も大人もみな知っている。しかし、米国に留学した筆者はこの文句を知らず、テレビの前でポカンとしていた。マザーグースの本を読んで、ようやくその意味を知り、これでは外国生活も多難だと予感した。

歌詞をそのまま訳すと、

ハンプティ・ダンプティは塀の上に座っていた
ハンプティ・ダンプティは見事に落ちてしまった
王様の馬（騎兵隊）や、兵隊、みんなが寄っても
ハンプティ・ダンプティを元に戻すことはできなかった

わが国でいう「覆水盆にかえらず」に相当するのであろうか。言われてみれば当たり前のことである。しかし、それがしばしば繰り返されるのが人生である。

こうした卵についての唄の原型は欧州各地でみられるという。なぜ卵なのか。平野敬一は、卵が壊れることは既存の秩序の解体を示し、同時に新しい生命の誕生を象徴するという。墜落した卵の取り返しのできない運命、こうした予感できる出来事は、歴史の上でよくあることであり、過去にさかのぼれば、これにそっくりの出来事があったに違いない。つまり、人生の教訓を込めた唄である。「累卵の危うき」という中国の諺もあるが、少し意味が違うようである。

「ハンプティ・ダンプティ」というタイトルは欧米の小説やドラマにしばしば登場するのである。

鳥山淳子は『もっと知りたいマザーグース』の中で、「不思議の国のアリス」では、アリスがハンプティ・ダンプティに「落ちたら大変よ」というと、彼は「王様の馬と兵隊がたすけてくれる」と答えたが、やっぱり落ちてしまった。それで、「うぬぼれ屋さんで理屈ぽい性格だったので、塀から落ちた」のだとある。そのうえ、聖書には「うぬぼれが堕落（転落）につながる」という一文があると紹介、うぬぼれ（Pride）はキリスト教の七つの大罪の一つであると付け加えている。これで「覆水盆にかえらず」よりももっと真に近い意味を理解することができた。

マザーグースには数多くのこうした唄がある。意味が十分わからなくとも、楽しんで、繰り返し歌えば身につくもので、何年たってもすぐ思い出し、時には教訓になるわけである。

そもそもマザーグースとは

マザーグース（ガチョウのお母さん）という名はフランスの十七世紀の作家、ペローの童話集『昔の物語』の副題に「鵞鳥おばさんのコント」とあるのが最初であり、話し好きのおばあさんの、らちもない話の意味である。「赤ずきん」「青ひげ」「シンデレラ」など欧州の昔話が、この中にはいっている。この本が英語で刊行されたのは一七二九年であり、ロバート・サンパー著になっているという。

この本の副題は「マザーグースの物語」である。日本でいえば江戸時代中期である。世に広く知られるようになったのは、子供の唄ではなく、十九世紀のロンドンではやったパントマイム芝居の主人公マザーグースからである。不条理な面倒がおこると、マザーグースが雄の鵞鳥にまたがって空を飛んでゆき、ことを解決し、めでたしめでたしとなる。それが大好評で一躍欧州の人気者になった。フランス革命の流血騒ぎがあったのはこの頃であり、英国も民衆は非常に不安であった。そして、この劇の上演が、不安をまぎらわしたという。特に、その突っ飛な終わり方に、民衆は大喝采をしたというのである。

戦後間もない時代の日本人留学生は英会話が苦手だった。原因は日本では英語の読み書き中心の教育で、会話は軽視され、発音が正確ではなかったからである。筆者は留学中、スーパーマーケットでレコードのついた子供用の絵本を買って、童謡を聞いてみた。耳を澄ますと、「パテト、パテト　ベーカーズマン　ベークハケ　ファースト　ユーキャン　パチ　アン　プリキット　メイクト　ビー……」と聞こえた。本を見ると「パタ（ペタ）　パタ（ペタ）　コナを　パン屋さん　早く早く焼いておくれ　たたいて　ついて　B印をおして……」とある。文字を見てはじめて意味が理解できた。発音は繰り返し練習しないとうまくできなかった。日本でも早口やなまりがあればわからない。「言葉は耳から聴いて覚えなさい」というお手本であった。パン屋さんの唄は「マザーグース」の唄の一つであり、向き合って手をたたきあう遊びであった。「マザーグース」の多数の唄を覚えるだけでも大変な英会話の勉強になることが後からわかった。もっとも現在は優れた会話学校がたくさんあり、若い人の英会話は上手である。

さて、「マザーグース」にはいろいろな唄や詩がのせられている。「ディドウル　ディドウル（バイオリンの唄）」、「プシィキャット（子猫）」、「ヒコッリ　ディコリ　ドック（時計）」などで、テレビや会話によく出てくる。地元の人はすぐわかって笑ったりするが、私ども外国人にはわからないので、ポカンとしているだけであった。日本では、浦島さん、桃太郎さん、カチカチ山などを知らないと話がわからないと同じである。

「マザーグース」の唄には、ユーモアや比喩、教訓が含まれており、背景を知らないと、意味はまったくわからない。最近よく出る翻訳推理小説の題名、「そして皆きえてしまった」とか、「六ペンスのうた」など、「マザーグース」の内容を知らないとおもしろみは激減する。

「マザーグース」は、ビートルズの唄の下敷きにもなっている。鳥山淳子は、意図的にマザーグースを引用した曲として、ジョン・レノン作詞の Lucy in The Sky With Diamonds, I am The Walrus, Cry Baby Cry, Good Night, Dear Prudence が、また、ポール・マッカートニー作詞の All Together Now, Lady Madonna, You Never Give Me Your Money, Golden Slumbers をあげ、その引用したフレーズを指摘している。それ以外にもビートルズの唄は、「マザーグース」に似た脚韻や雰囲気を意識的に、また意識せずに借用しているといっている。ビートルズは「マザーグース」を引用し、実験的に言葉を繰り返し、新しい意味と解釈を盛り込んで曲づくりをした前衛作家であったと鳥山は言う。私は年代が異なり、ビートルズについてはそれほど関心をもっているわけではないが、直感的に、あの郷愁に満ちた、センチメンタルな調べは、その背景に「マザーグース」のような先祖代々伝えられた心情があふれており、それが若い人々の心を虜にしたように思われる。

【余話③】讃美歌とわらべ唄

一五四三年（天文十二）に種子島にポルトガル船が漂着し鉄砲が伝来した。一五四八年（天文十七）には、フランシスコ・ザビエルが鹿児島に上陸、キリスト教の布教が始まった。そして一五八七年（天正十五）に豊臣秀吉がバテレン追放令を出すまでの四十五年間、キリスト教の布教が全国的となり、同時に外国との貿易が非常に進展した時代となった。宣教師らは西欧の武器などの提供と引き換えに、大名や家臣を改宗させたが、真のキリスト教の信者となったのは、農民や一般民衆であった。彼らは戦乱に打ちひしがれ、政治に愛想をつかしていたからである。

信者らはキリスト教の教えを尊び、日々祈りをささげ、祭日には歌唱で儀式に参列していた。合唱隊もできており、オルガンに合わせてベネヂクス（祝祷）を歌ったとある。合唱はラテン語でアヴェマリアなどの他、日本語の賛美歌もあった。「奏楽の少年は白服を着、すばらしいできばえであった。彼らの発音は立派で、抑揚も見事であるので、（略）歌を相当に学んだとしか思えないほどである」と、宣教師が本国に送っている。舌のまわらない子供までが讃美歌をうたって町を練り歩くので、異教徒（仏教徒）までが口ずさむほどであったという。

安土と府内の教会には二台のオルガンがあった。ビオラ、クラヴォ（ピアノの前身）、ハープ、リュート、グラビ・チェンバロ、リベカなどが用いられた。協会は治外法権を得ていたので、かなり自由に活動できた。有馬のセミナリオ（神学校）では、いくつかの合唱隊に讃美歌を学ばせ、武将の子弟二十四人に歌曲とクラヴォを弾く教育をしていた。これが二十年後には百余人となったという。他に詩編も学ばせた。

天正少年遣欧使節は一五八三年（天正十一）ローマに向かったが、エヴォラの大司会教座教会で三段鍵盤の大オルガンを見事に演奏し、また、クラヴォやヴィオラを王侯貴族の前で演奏して、賞賛を浴びた。彼らは帰国後、秀吉の前で各種の楽器を演奏したが、秀吉は三回も所望し、演奏を繰り返し聞いたと記録されている。

長崎では美しい音色の竹管のオルガンなど、各種の楽器を日本人学生がつくっていた。時計までつくったとある。もっとも、これはキリシタン史料によるもので、布教の成果を大きくたたえたものだ。実際はどうかさらに調べる必要があると千葉優子は付け加えている（『ドレミを選んだ日本人』）。

宣教師は日本人の少年数名を伴い、ビオラを持って旅をし、いたるところで音楽の交流をした。布教は畿内から東北にまでの広範囲に及び、信者は長崎、平戸、天草など、十五万人に及んでいたといわれる。歌舞伎の出雲お国は、クルスのついたロザリオを首にして、名古屋山三（出雲阿国と歌舞伎踊りを創設したとされる伝説上の人物）を思念する歌をうたって評判をとったのもその頃である。手毬唄にも唐風の歌にも南蛮の風物が盛り込まれていたとある。西欧的な調べを庶民が歌っていたわけであるが、どの程度西洋音楽が日本で普及していたかの資料はない。

なお、切支丹の反乱で名高い島原では特有の「島原の子守唄」がある。これは一九二六年（大正十五）、宮崎一章による作詞作曲であり、新しい歌である。島原の歴史を反映した心揺さぶる内容で、子守唄というよりも挽歌に近い。宮崎は島原鉄道の常務として働いた経歴があり、盲目になり育児をしながらつくったとされる。彼は作家でもあり、島原の歴史に詳しく、切支丹の痛ましい言い伝えやその後の貧しさからくる住民の悲しみを盛り込んでいる。その歌詞の中に「オロロン　オロロン　オロオンバイ」という言葉が繰り返されている。オロロンは「よしよし」というような意味とあり、島原や有明海周辺では古くから子供をあやす言葉であった。オロロンというと不思議に子供が泣き止んだという。その語源に関する記述はない。近くの熊本地方では、「ごろりとよこになる様子をオロロンという」とある。こうした言葉の語源は日本語には見つけにくく、どこか外国の詞が変化して伝えられた感じがする。

戦国時代の切支丹の歌はラテン語やポルトガル、スペイン語であり、その言葉はかなり変形して伝えられている。江戸時代に入るとオランダ人が中心であり、そこから由来したのかもしれない。「オロ」はラテン語で金である。しかし、オロロンは、ラテンも、ポルトガル、スペイン、フランス、イタリア語にも見つけられなかった。熊本の方言にあるのだろうか。北海道ではウミガラスの鳴き声は「オロロン」と聞こえるという。そして現在、このウミガラスの鳴き声を聞く観光地めぐり、オロロン観光がある。しかし、子守唄との関係はなさそうである。

切支丹大名について若干触れてみたい。九州など西国の大名は西洋のすぐれた武器を入手するため、キリシタンに忠誠を誓った。彼らから入手した武器で強大な軍隊をつくっていた。味方であれば心強いが、敵に回れば恐ろしい。秀吉は切支丹大名について危機を感じていたらしく、まず、宣教師との関係を断ち切ろうと考えていた。九州征伐にもキリシタン大名を先頭に立ててその勢いを削ごうとしていた。その後、政治情勢が安定するや、宣教師が多くの日本人を外国に奴隷として売り飛ばしたなどの理由を見つけ、キリシタン国外追放令を出した。当時は大名以外にも、海外貿易で富をなしたものが少なくなく、貿易船には多くの銭や黄金が積まれていたとか、沈香、じゃ香、綾・錦を積んでいるという船頭歌があり、外国貿易の利害を知っていた。

秀吉はキリシタン大名の戦力をそぐため、朝鮮出兵の先陣とさせ、一時は五万の兵を朝鮮に留めておこうと考えていたと、フロイスは書き残している。秀吉の後を継いだ徳川家康もキリシタン弾圧を始め、一六一四年（慶長十九）から十五年間、キリスト教を禁制し、教会を逼塞させた、結果として、信者の殉教の時代が続いた。一六三六年（寛永十三）には、鎖国令が出された。これは南蛮人の血を受けたものの国外追放、異国居住の日本人の母国への帰国を禁止する法令であった。そして寛永十五年（一六三八）、島原の乱がおこった。キリスト教信者への極端な弾圧に耐え切れずおこした反乱であったが、幕府は何としても反乱を抑え込む必要があった。攻めあぐねた幕府軍は、外国船の武力も借りて攻め続け、食糧補給を絶って、三万八千人の籠城者を餓死を含め全滅させて、戦いは終わった。この状況はいくつかの史書に詳しい。

一方、切支丹史話によると、島原の籠城者は以下のような軍歌をうたい、意気軒高と戦ったという（松本新八郎『民謡の歴史』）。

「有難の利生や　伴天連様の御影で　寄衆の首を　スント　切支丹
とんととなるは　寄衆の大筒　鳴らすとしらしよ　こちらの小筒で
かかれかかれ　寄衆　もっこでかかれ　寄衆　鉄砲の玉　あらんかぎりは」

どんな節回しで歌ったのか。讃美歌調だったのであろうか。

別の報告では、信者の多い「生月島」で刑死したジュアン次郎左衛門も刑場で歌をうたっている。

「罪の為に　地面へ　圧さるれども
クルスにすがって　天に昇る
遠く鳴尾の　沖すぎて
はや住之江に　著きにけり
はや住之江に　著きにけり」

讃美歌のように歌ったのであろう。こうした記録が残っているのは、いかに信仰深い人がいたかということ、同情者も多かったことを示唆している。当時、信者は九州から畿内、東北にまで全国に及んでおり、東北仙台では支倉常長が欧米を視察、メキシコを回り、多くの珍しいものを持ち帰っている。東北の信者の記録も多く残っている。こうした情勢を振り返ると、讃美歌はかなり長くこの国土に残り、歌い継がれたと思われる。しかし残っている証拠は誠に少ない。

明治になり、長崎の隠れキリシタンの存在が明らかになると、今更に信仰の強さに驚かされた。彼らは「グレゴリオ聖歌　オラショ（祈り）」を歌い継いできたといわれる。内容はかなり変わってきているが、驚くべきことであった。讃美歌の影響は日本のどこかで残っているように思われるが、童謡や民謡にほとんど残されていない。定着しなかった理由として千葉優子は、残酷極まりない弾圧が続いたこと、西洋音楽は調べも異なり、美意識が違うため、初めから拒否反応は小さくなかったからという。宣教師のフロイスは多くの日本覚書を遺しているが、その中で、「西欧音楽の楽器の調べは我々には快いが、日本人には不愉快であり、嫌悪されている。我々の音楽の協和音やハーモニーも、日本人は「カシマシ」として好まない」と書いている。それで、賛美歌も日本人風にアレンジしたといわれる。同時に南蛮風の踊りや演劇も日本で演じられていた。日本の能、狂言、幸若舞、神楽のような芸能に、何らかの影響を与えていた可能性があるとの記述もある。

わが国は外国音楽を輸入し、日本に適合した形となり伝えられてきたという。古くから歌謡はあったが、律令国家成立時に入ると、隋や唐から音楽が伝わった。文武天皇の時代には、正月に唐楽の五常太平楽が箏ぜられたという。大宝令の制定と同時に雅楽寮が設けられ、頭・助・允・属・歌師・歌人・舞師・笛生・笛工、唐楽師、高麗楽師、百済楽師、新羅楽師、伎楽など、五〇〇人近い大規模な部局であった。聖武天皇の時代には吉備真備が唐から楽器と楽書を持ち帰り、天竺の僧菩提、サイゴンの僧佛哲らが来日、帰化し、佛楽をもたらしたという。雅楽寮の楽人は、国家的行事で奏楽していたが、七五二年（天平勝賀四）の大仏開眼供養は、インドなど諸国からの楽人を加え、空前の盛儀であった。雅楽は神事、遊宴、仏教歌謡、平曲、劇的歌謡と発展したという。仏教祭儀は声明が漢讃、梵讃、和讃があり、やがて一般人はご詠歌を唱えるようになる。

第二の時期は安土桃山時代で、宣教師による西洋音楽、讃美歌の導入であった。これは前期のように切支丹禁制で消失してしまった。わずかに隠れキリシタンにより、明治時代まで継承されてきた。もっとも、まったく影響がなかったわけではないことは、オランダ調子という弦を調節する方法が箏に残っているからという（千葉優子『ドレミを選んだ日本人』）。江戸時代の外来文化はオランダ中心の時代であり、その影響かもしれない。オランダを通し欧州からいろいろな人物が訪日しているが、彼らも何らかの西欧音楽を日本に伝えたに違いないが証拠はない。イソップ物語は戦国時代に日本に紹介されており、その影響は小さくなかったので、民謡やわらべ唄にも何らかの影響があったはずである。

大きな転換期は明治時代である。江戸末期には、幕府はオランダに蒸気艦船の建造を依頼し、軍事技術伝習のために教師を派遣、一八五五年（安政二）、海軍伝習が長崎で始まっている。軍事教練と同時に太鼓をたたき、歩調をそろえる練習も始めた。鼓笛隊や信号ラッパ部隊も編成され、軍楽隊の編成が始まり、陸海軍で西洋音楽を取り入れた軍楽教育がおこなわれていた。明治政府は音楽の重要なことを知っており、文部省に音楽取調掛を置き、音楽教育体系をつくろうとしていたことはすでに述べた。やがて、政治会議や各種施設の施工式で西洋音楽による演奏がおこなわれるようになり、さらに運動会などでも音楽がつきものになってゆくわけである。

なお、余談であるが、初期につくられた小学校唱歌の中で、例えば、「結んで、開いて」「蛍のひかり」「星の光」（いつくしみ深き君なるイエスは）「埴生の宿」などは、讃美歌の曲がもとになっている。また「故郷」などいくつかの名曲をつくった岡野貞一はクリスチャンであり、教会でオルガンを弾いていた。讃美歌の影響もなかったわけではない。これら初期の小学校唱歌の調べは日本人の心に訴えるものが強く、長く歌い継がれたと思われる。

日本の長唄や端唄に西洋音楽の影響はまったくなかったのであろうか。松本は、戦国時代の出雲お国は舞台の茶番狂言、道行歌や念仏踊りを通し、人気絶頂に達した。これは日本のオペラを自由に商品に仕上げた最初ではないかという。南蛮の影響も小さくなかったであろう。

また、松本新八郎は、長崎出島には「かーりんん　かーりんんで　こくしんで　かーり

まーいの　じょんぶる　さんじゅーごりん　おーさしんくされ」（『全長崎県歌謡集』）というオランダ歌を紹介している。意味はわからないという。オランダ屋敷に出入りしていた出島江戸町の人々が諏訪神社の祭礼に歌い流行らせたという。この祭りでは、町民がオランダ服を着て軍楽に合わせて調練をしたという催しものがあった。唐人屋敷は文化の中心であった。出島に来たオランダ医、ケンペルやシーボルトは日本の民謡を欧州に紹介している。彼らからも何らかの歌が日本に伝えられたかもしれない。ロシアに漂着、長くロシアに滞在したのち帰国した伊勢の大黒屋光大夫は、自分の遭難を歌ったロシアの歌を持ち帰っている。人が交流すれば歌もついてくるわけである。

わらべ唄も民謡も、こうした外国の影響は小さくないことは、大正時代のわが国の状態から想像されるところである。

主要参考文献

青木國雄「20世紀における日本人の疾病構造の変化と食生活」『食品衛生学誌』38　一九九七年　一一七―一三一ページ
赤松啓介『日本の子守唄』紀伊国屋書店　一九八四年
浅野建二ほか『日本わらべ唄全集』柳原書店　一九七九～一九九二年
浅野建二『わらべ唄風土記上・下』塙書房　一九六九年、一九七〇年
赤坂憲雄『子守り唄の誕生―五木の子守唄をめぐる精神史』講談社現代新書　一九九四年
井岡大輔『満洲歳時考―意匠資料』村田書店　一九七八年
猪瀬直樹『唱歌誕生―ふるさとを創った男』文春文庫　一九九四年
右田伊佐雄『子守と子守唄―その民俗・音楽』東方出版　一九九一年
右田伊佐雄『手まりと手まり歌　その民俗・音楽』東方出版　一九九二年
大石学『首都江戸の誕生―大江戸はいかにして造られたのか』二〇〇二年
尾原昭夫『近世童謡遊集―日本わらべ歌全集』柳原書店　一九九一年
尾原昭夫『日本のわらべ歌（歌曲集全三巻）』柳原書店　一九九四年
小野恭靖『子ども歌を学ぶ人のために』世界思想社　二〇〇七年
小野武雄編著『江戸の遊戯風俗図誌』展望社　一九八三年
笠原一男ほか『日本史百話』山川出版社　一九五四年
笹間良彦『日本こどものあそび大図鑑』遊子館　二〇一〇年
片岡大輔『満州歳時考』村田書店　一九七八年
上笙一郎『日本童謡辞典』東京堂出版　二〇〇六年

貴志俊彦ほか編『二〇世紀満洲歴史事典』吉川弘文館 二〇一二年
鬼頭宏『日本二千年の人口史――経済学と歴史人類学から探る生活と行動のダイナミズム』PHP研究所 一九八三年
金田一春彦『童謡・唱歌の世界』講談社学術文庫 二〇一五年
金田一春彦／安西愛子編『日本の唱歌（上）（中）（下）』講談社文庫 一九八二年
喜多由浩『満州唱歌よ、もう一度』産経新聞社ニュースサービス発行 扶桑社発売 二〇〇三年
北原白秋編『日本伝承童謡集成・第一巻 子守唄篇』三省堂 一九七四年
北原白秋訳『まざあ・ぐうす』角川文庫 一九七六年
金素雲訳編『朝鮮童謡選』岩波文庫 一九三三年
金春鉉『朝鮮民謡史―庶民の心の唄』国書刊行会 一九九〇年
くもん子ども研究所『浮世絵に見る江戸の子どもたち』小学館 二〇〇〇年
小池滋監修『読んで旅する世界の歴史と文化 イギリス』新潮社 一九九二年
合田道人『案外、知らずに歌ってた童謡の謎』祥伝社 二〇〇二年
合田道人『案外、知らずに歌ってた童謡の謎（2）』祥伝社 二〇〇四年
小島美子『歌をなくした日本人』音楽之友社 一九八一年
小島美子『音楽から見た日本人』NHK出版 一九九七年
小島美子『日本童謡音楽史』第一書房 二〇〇四年
小中村清矩『歌舞音楽略史』岩波文庫 一九二八年
小林英夫『満鉄調査部』講談社 二〇一五年
古茂田信男ほか『日本流行歌史 戦前編』社会思想社 一九八一年
西條八十『西條八十童謡集』新潮社 一九二四年
斎藤月琴『武江年表1 2』平凡社 一九六八年

斉藤研一『子どもの中世史』吉川弘文館 二〇一二年
酒井欣『日本遊戯史』第一書房 一九八三年
坂本龍彦『満州難民祖国はありや』岩波書店 一九九五年
山東功『唱歌と国語―明治近代化の装置』講談社 二〇〇八年
柴田純『日本幼児史―子どもへのまなざし』吉川弘文館 二〇一三年
清水桂一『たべもの語源辞典』東京堂出版 一九九七年
白川静『中国の神話』中公文庫 一九八〇年
瀬川清子『食生活の歴史』講談社学術文庫 二〇〇一年
関裕二『おとぎ話に隠された日本のはじまり』PHP 二〇〇五年
関裕二『かごめ歌の暗号―わらべ遊びに隠された古代史の闇』東京書籍 二〇〇七年
孫中行／白希文／青木國雄ほか「胃癌高、低発区自然人群流行病調査研究」中国医科大学学報17：23 一九八八年
竹友藻風訳『英国童謡集』研究社 一九五九年
高野悦子『黒龍江への旅』新潮社 一九八六年
高野辰之『日本歌謡史』春秋社 一九二六年
谷川健一／金達寿『地名の古代史』河出書房新社 二〇一二年
谷川俊太郎『スカーリーおじさんのマザー・グース』中央公論社 一九七〇年
谷本富『実用教育学及教授法』六盟館 一八九四年
千葉優子『ドレミを選んだ日本人』音楽の友社 二〇〇七年
坪内祐三『「近代日本文学」の誕生―百年前の文壇を読む』PHP研究所 二〇〇六年
鶴見良次『マザー・グースとイギリス近代』岩波書店 二〇〇五年
出口保夫『私のロンドン案内』主婦の友社 一九七八年
童謡研究会編、橋本繁編纂『日本民謡大全』春陽堂 一九〇九年

鳥山淳子『もっと知りたいマザーグース』スクリーンプレイ　二〇〇二年
中川鶴太郎『ゴム物語』大月書店　一九八四年
中島幼八『この生あるは―中国残留孤児がつづる』幼学堂　二〇一五年
長野正孝『古代史の謎は「海路」で解ける　PHP文庫　二〇二一年
西川俊作／尾高煌之助／斎藤修『日本経済の200年』日本評論社　一九九六年
朴炳殖『日本語の悲劇』学研M文庫　二〇〇二年
服部竜太郎『日本音楽史―伝統音楽の系譜』現代教養文庫　一九七四年
平野敬一『マザーグースの唄―イギリスの伝承童謡』中公新書　一九七二年
福永武彦訳『今昔物語』河出書房新社　一九七六年
町田嘉章／浅野建二『わらべうた―日本の伝承童謡』岩波文庫　一九六二年
松本新八郎『民謡の歴史』雪華社　一九六五年
水田正能『タンポンと蒲公英』日本医事新報　4167　二〇〇四年　五九―六一
松田毅一／E・ヨリッセン『フロイスの日本覚書』中公新書　一九八三年
松永伍一『日本の子守唄―民俗学的アプローチ』紀伊国屋書店　一九六四年
松原一枝『幻の大連』新潮新書　二〇〇八年
松本新八郎『民謡の歴史』雪華者　一九六五年
宮本常一『伊勢参宮』増補改訂版　八坂書店　二〇一三年
森鷗外『山椒太夫』『森鴎外全集3』筑摩書房　一九七一年
森山茂樹／中江和恵『日本子ども史』平凡社　二〇〇二年
橋本伸也／沢山美果子編『保護と遺棄の子ども史』昭和堂　二〇一四年
速水融『歴史人口学の世界』岩波書店　一九九七年
速水融『歴史人口学で見た日本』文春新書　二〇〇一年

平勢隆郎『亀の碑と正統―領域国家の正統主張と複数の東アジア冊封体制観』白帝社　二〇〇四年
藤木久志『天下統一と朝鮮侵略』講談社学術文庫　二〇〇五年
藤田圭雄『日本童謡史』あかね書房　一九七一年
藤本浩之輔『聞き書き明治の子ども遊びと暮らし』本邦書籍　一九八六年
堀内敬三／井上武士『日本唱歌集』岩波文庫　一九五八年
森護『ユニオン・ジャック物語―英国旗ができるまで』中公新書　一九九二年
矢野恒太編『日本国政図会』国勢社　一九二七年
籔田義雄『わらべ唄考』カワイ楽譜　一九六一年
吉竹迪夫編訳『まざー・ぐーす―英・米わらべうた』開文社　一九六三年
吉原健一郎／大浜徹也編『江戸東京年表』小学館　二〇〇二年
読売新聞文化部『唱歌・童謡ものがたり』岩波書店　二〇一三年
林恵芝／張蔭昌／青木國雄ほか「中国・日本胃癌地理病理学的対比研究」中国医科大学学報15：351　一九八八年
鷲津名都江『ようこそ「マザーグース」の世界へ』日本放送出版協会　二〇〇七年
和田誠訳『オフ・オフ・マザー・グース』筑摩書房　二〇〇六年
渡邊大門『人身売買・奴隷・拉致の日本史』柏書房　二〇一四年
渡辺裕『歌う国民―唱歌、校歌、うたごえ』中公新書　二〇一〇年

＊

アンドルー・ゴードン『日本の200年〈上〉〈下〉―徳川時代から現代まで』二〇〇六年
ガウィン・ウエイトマン　植松靖夫訳『テムズ河物語』東洋書林　一九九六年
ジョン・ファーマン　尾崎寔訳『とびきり不埒なロンドン史』筑摩書房　二〇〇一年
ピーター・ブッシェル　成田成寿／玉井東助訳訳『倫敦千夜一夜』原書房　一九八七年

フロイス、松田毅一／川崎桃太訳　『フロイス日本史一〜六』　中央公論社　一九八一年〜
ヨーゼフ・クライヤー　『ケンペルのみた日本』　NHKブックス　一九九六年
R・P・ドーア、松居弘道訳　『江戸時代の教育』　岩波書店　一九七〇年

＊

『日本の歴史』1〜26、中央公論社、二〇〇五年〜
別冊歴史読本　32巻42号　『満州帝国の興亡』　一九九七年
別冊『環』『子守唄よ、甦れ』　藤原書店　二〇〇五年
名古屋公衆医学研究所　『Active Life』　No.17-42　二〇〇四〜二〇一〇年

謝辞

まず、わらべ唄の小記事〝藪雀考〟の連載をニューズレター Active Life に許可されました名古屋公衆医学研究所加藤才子前理事長に深く感謝いたします。これがこの書の基礎になっております。また巻末の文献は大変楽しく読ませていただき、いまさらのように先人の業績を有難く思いました。筆者の勉強不足で誤った理解も多いかと思いますが、ご叱正賜れば、幸いでございます。

文献検索や原稿整理にはご多用の渡辺優子氏（名古屋大学予防医学教室）を煩わしました。また粗稿について、稲垣美智子元名大出版会編集長にご高閲を願い、丁寧なご助言と、出版の道を教えていただきました。深く御礼申し上げます。

出版にあたり、風媒社のスタッフには、推敲不足の草稿に大変なご心労をおかけし汗顔、お陰様で読みやすい文になりました。お礼の申し上げようもありません。

コロナ禍や家内の介護というストレスを軽減できたようで、皆様のおかげと感謝いたしております。

［著者紹介］
青木國雄（あおき・くにお）
1928年、愛知県生まれ。医学博士、予防医学研究者
著書（一般書）
『医外な物語』名古屋大学出版会
『予防医学という青い鳥』中日新聞社事業局出版部
『未病への道』編著、予防医学研究会
『40歳からの健康百科』共篇、中央法規出版
『がんから守る』共著、講談社サイエンティフィク
食養生（DVD）青木平八郎記念予防医学広報事業団
ほか

装幀・澤口 環

謎解き「わらべ唄」私考

2021年6月15日　第1刷発行　（定価はカバーに表示してあります）

著　者　青木 國雄

発行者　山口 章

発行所　名古屋市中区大須1丁目16番29号
電話 052-218-7808　FAX052-218-7709
http://www.fubaisha.com/
風媒社

乱丁・落丁本はお取り替えいたします。　＊印刷・製本／モリモト印刷
ISBN978-4-8331-5386-7